JN230818

D+

dear+ novel koitoiu jiwo yomitokeba・・・・・・・・・・・・

恋という字を読み解けば

安西リカ

新書館ディアプラス文庫

恋という字を読み解けば

contents

illustration : 二宮悦巳

恋という字を読み解けば

Koitoiu Jiwo Yomitokeba

1

「社長、また変更です」

タブレット端末の翻訳アプリに目をやって、土屋明信は思わず眉を寄せた。日本と時差八時間のお洒落が代名詞の国から「ごめんごめん」といわんばかりのメッセージが届いたところだった。

「カルレのモンド社長の日程が、また変更になりました」

「んあ?」

どうしても今すぐ蕎麦が食べたい、というわがままに応えて土屋が五分前に給湯室で適当に茹でたインスタント蕎麦をすすっていた社長の本間祐一郎が顔をあげた。

普通にしていても「喧嘩売ってるみたいな顔」と言われる土屋に対し、造形的には精悍な部類に入る顔だちなのに、育ちのよさが前面に出ていて、祐一郎は温和な印象を与える。金持ち喧嘩せず、という格言を、彼の下で仕事をするようになってから土屋は折に触れて思い浮かべるようになった。

その祐一郎の背後には煌びやかな夜景が広がっている。

欧州輸入家具専門商社「HONMA」は親会社所有の高層ビルの中層階にオフィスを構えて

いる。社長の本間祐一郎はその親会社の創業家出身だ。

関連企業で修行してから経営陣に加わり、三十五で取締役社長に就任した。典型的な同族企業のやりかただが、経営センスは悪くないようで、彼がトップに座ってから会社の業績はゆるやかな上昇カーブを描いている。

「予定がずれこんだので、社長との会食日も変更してほしいとの申し入れです。社長のスケジュールは動かせますが、問題はモンド社長のご要望のほうですよ」

「あー、蕎麦打ち体験ね」

祐一郎がつるっとインスタント蕎麦を吸い上げた。土屋にはとうてい覚えきれない長くて面倒くさい名前のイタリアンブランドのスーツを好んで着るが、ネクタイを汚さないように肩にはね上げているあたりは庶民的だ。

「土屋君、これちょっと茹ですぎだよね？　いくらインスタントたって茹でかたによってはさあ」

「文句があるなら自分で茹でてくださいよ」

夜十時を回って出前をしてくれる蕎麦屋などない。無理ですよ、と再三言っているのにうるさいので、しかたなくビルのテナントに入っているコンビニで「早茹で三分本格派！」というのを買って来て、給湯室にひとつだけあった鍋で土屋が茹でた。

「蕎麦はさあ、文化だよね。日本の食文化を語る上でも、蕎麦の存在は絶対に欠かせないと思うんだ」

「そんなことおっしゃるから、モンド社長が蕎麦打ち体験してみたいとか言い出したんじゃないですか？　ただでもジャパニーズ侘び寂びにフランス人は変な夢持ってるっぽいのに…」

後半は独り言でぶつぶつ言いながら、土屋は部屋の隅のデスクに向かい、タブレットからパソコンに切り替えた。モンド氏の秘書、レイチェル嬢はこのところフランス語でメールを寄越す。

勘弁してくれよ、英語だって苦手なのに、と心の中で文句を垂れつつ、土屋は翻訳ソフトに通したものを、さらに念を入れて仏日辞書でチェックした。高校の試験前でもろくすっぽ辞書など触らなかったのに、人間必要に迫られればそれなりに順応するものだとつくづく思う。

八年前、高卒でHONMAに入社したとき、土屋はまさか自分が社長秘書をやることになるとは夢にも思っていなかった。なにせ土屋が採用されたのは品質管理部門だ。物流倉庫で輸入商品の検品をしたり、梱包したり、頭より身体を使う業務で、土屋はありあまる体力を駆使してせっせと働いていた。

それを当時の営業本部長が見ていて、今の営業部にはああいう活気ある若者が必要だ、と突然引き抜かれた。

HONMAは親会社からのさまざまな恩恵を受けつつ、少数精鋭を旨とした身軽さで、よくも悪くも社風はかなり自由だ。本部長の独断で異動になった土屋を、有名大学卒揃いの営業部の面々は「高卒のくせに」と聞こえよがしの陰口で迎えた。が、給料が上がったのに気をよくした土屋は、気にせず新たな職務に取り組んだ。

なんといっても営業は成績に応じて期末手当が出るのだ。

同僚の嫌がらせや先輩社員の妨害をものともせずに新規の販路開拓に励んで四年ほどたったころ、今度は唐突に総務部に異動になった。

驚いたが、社長秘書に指名されたのにはもっと驚いた。

役員のスケジュール管理は総務部が行ってきたが、社長だけ個人秘書をつけることになったとかで、どこでどんな噂をきさつけたのか、社長の祐一郎が「営業部の土屋君はなかなか面白い人物らしいねえ」と興味を持っての指名と聞き、土屋は「どこまで自由なんだ、この会社」と開いた口がふさがらなかった。

秘書をすることになったと話すと、家族も「明信の会社、何考えてんだ?」と仰天していた。

がさつで細かいことは気にしない土屋の性格はどう考えても秘書向きではない。その上、土屋は語学がからきしだ。輸入会社の社長秘書が英語もしゃべれないでいいわけがないだろう、と困惑したが、祐一郎自身が語学堪能ということで、「まあそこはおいおい努力してくれれば」という寛容なのかいい加減なのかわからない状態で配属が決まった。

マジかよ…、と暗澹としている土屋に、高校生の妹は「ひとつだけ、秘書に向いてるとこあるじゃん」と励ますように言った。

「明兄は黙って立ってたらそこそこいい男だから、うちの秘書です、って人前に出すこと考えたらアリかもよ?」

アリなわけねーだろ、それが唯一の適格要件だったら逆に不安すぎるわ、と呆れたが、適性ナシと判断されたらまた異動になるだけだ、とりあえずやるだけやってみるかと腹をくったのが一年ほど前のことだ。

幸い営業のときと違って総務部の女性陣はおしなべて土屋に好意的で、必要なことは丁寧に指導してくれたし、業務自体も社長秘書という響きから想像していた「分刻みのスケジュールをこなすジェットセッターの補佐」などではなく、面倒くさがりの祐一郎にかわって雑務をこなすのがメインの仕事だった。

倉庫業務から営業部に移ったときに適応能力は鍛えられていたので、土屋は半年ほどで取り澄ました顔と丁寧な物腰を身につけ、それなりに秘書として日々の職務をこなしている。

「まあ、うち程度で個人秘書って贅沢な話なんだけどさ。案外社長業って孤独だから、相性のいい話し相手がほしかったんだよね。土屋君のものに動じない人柄は噂で聞いてて、それなら僕の愚痴も気にせず流してくれるかなって」

「愚痴は聞き流しますけど、相性いいですかね?」

「そこで首ひねることないだろ」

という雑談を、蕎麦を所望された十分前にもかわしたところだ。

とりあえず与えられた職務はできるだけ誠実にこなすことを旨としている土屋は、モンド社長からの要望を確認して祐一郎に報告した。

「蕎麦打ち体験のほかに、作陶体験、書道体験のいずれかを希望されています。でもこんな急な日程変更でそれなりのクオリティの体験教室を貸し切りで押さえるのは難しいですよ」

あらかじめリストアップしておいた各種体験教室の案内を別窓で開いて、土屋はうーん、と小さく唸った。二、三人の予約を入れるのは難しくはないが、相手は大事な取引先だ。万が一にも失礼がないように貸し切り状態で対応したい。

「書道か」

祐一郎がふと何事か考える顔になった。

「書道ならツテがあるな」

箸を置いて、祐一郎がデスクの引き出しから名刺を探し出して土屋に手渡してきた。

「小柳頼人……？」

立派な和紙でできた名刺を見て、土屋は首をかしげた。この名前には覚えがある。

「あ！　もしかして着物着て大筆ふるう、最近よくテレビに出てるハーフのタレントじゃないですか？」

「タレントじゃないよ、書家だよ」

祐一郎がかぶせ気味に訂正した。

「僕の母方の従兄弟なんだ」

「えっ、そうなんですか」

小柳頼人は金髪碧眼の明るい美形で、常に作務衣や袴といったミスマッチな服装に身を包み、バラエティ番組などに出演している。妹が頼人のファンなので、彼があちこちの番組に出ているのを、土屋も見るともなしに見て知っていた。

そういえば袴に襷がけで大筆をふるっている頼人を何度かテレビで見たことがある。芸能人が自分の特技を披露しているのだと思っていたが、あれこそが彼の本職だったのか。

「書道をもっと普及させたいっていうんでタレントの真似ごとをやってるんだけど、頼人は十代で風雲賞っていう書道界の芥川賞っていわれる賞をとってる立派な書家なんだよ」

祐一郎が自慢げに胸を張り、土屋はへえ、と感心した。

「本格的な書道家さんだったんですね。知りませんでした。そういえば、うちの妹が小柳さんのファンなんですけど、書道ライブっていうのに応募しちゃ、抽選外れたって悔しがってます」

「そうなの？　それじゃ今度チケットもらっといてあげるよ」

サインのひとつももらえたら有紗が喜ぶだろうな、という土屋の下心を読んだかのように祐一郎が鷹揚に請け合った。

「本当ですか？　ありがとうございます」

役得はありがたく受け取る主義だ。土屋は素直に喜んだ。

「それじゃ、明日にでもその名刺の番号に電話して交渉してみてくれるかな。僕も直接頼人に電話しとくよ」

名刺には「小柳書道スタジオ主宰」という肩書があり、電話番号やメールアドレスはその事務局のもののようだ。

「わかりました」

ずいぶん気安い間柄のようで、それなら急な頼みでも聞き入れてもらえるのかもしれないな、と土屋は受け取った名刺を丁寧にしまった。

2

小柳頼人の主宰する書道スタジオは、駅前の通りから少し離れた住宅街の中にあった。三階建てのレトロなビルで、昔は写真館として使われていたのをリノベーションしたらしい。明治の面影を残す建物に、取引先のモンド夫妻は大喜びだった。

フランス人って本当に「トレビアン」って言うんだな…と秘書のレイチェル嬢を含めた三人を案内しつつ、土屋はそんなことに感心した。

モンド夫妻はまず津軽三味線のリズムに乗って現れた金髪碧眼の「コヤナギ・シハン」が袴姿なのに目を丸くし、続いて彼の「ショドー・パフォーマンス」にあんぐりと口を開けて、情感豊かな「トレビア〜ン」を連発していた。

テレビで見た企画と同じく、頼人は大筆を前に正座で挨拶し、きりっと襷を締めると、やおら立ち上がり、次に咆哮のような声をあげて床一面の画仙紙に向かっていった。達筆すぎて何を書いているのか皆目見当がつかなかったが、和歌の一節だという。

スタッフが津軽三味線の音楽に合わせてスポット照明を操り、時間にして十分ほどのなかなかショーアップされたパフォーマンスだった。

その後二階の和室で通常の「書道体験」をしてもらい、頼人考案の雅名「門戸」を扇子に記すと、ミッションは無事終了した。

「メルシー、ムシュー・ツチヤ」

「アリガトー、ゴザイマス」

片言の日本語に、土屋も丸暗記のフランス語でにこやかに挨拶を返し、用意しておいたお土産を手渡した。祐一郎チョイスのぐい飲みや浴衣のセットで、そこに「門戸」と記された扇子も入れる。夫妻と秘書のレイチェル嬢がご満悦でハイヤーに乗り込み、祐一郎もそれに続いた。

「それじゃ空港までお見送りするから、土屋君、あとよろしくね」

「はい。お疲れさまでした」

丁寧にお辞儀をして、車が視界から消えたのを確かめると、土屋はやれやれ、と頭を上げた。

「無事に終わりましたね。どうもお疲れさまでした」

　隣から陽気な声がかかった。袴姿の頼人だ。

　明るいグリーンがかったブルーの瞳がきらきらしていて、なるほど妹が大騒ぎするだけあるなぁ、と改めて土屋は感じ入った。くるくるの金髪巻き毛も相まって、頼人はキューピッドとか天使とか、日本人が一番イメージしやすい「可愛い系西洋人」の容姿をしている。百八十をゆうに超える土屋から見るとやや視線は下になるが、一般的には充分長身だ。頭が小さくすんなりした身体つきで、袴姿が身についていて小粋だ。そして想像していたよりさらに気さくな人柄だった。

　祐一郎が事前に頼んでくれていたらしく、初対面の挨拶が終わるとすぐ「妹さんによろしくお伝えください」と為書きつきのサイン色紙を差し出されて、土屋はおおいに恐縮した。

「小柳先生、本日はご尽力くださいまして、ありがとうございました」

　土屋は今度は頼人に向かって丁寧に頭を下げた。頼人が慌てたように顔の前で手を振る。

「先生は止めてください。土屋さんとは同じ年なんですし」

　打ち合わせのときにひょんなことでお互い二十六だと判明した。

「いえいえ、先生は先生です。今日は本当に急なお願いにもかかわらず、素晴らしいパフォーマンスを見せていただきました」

　土屋はさらに深く頭を下げた。この一年で、秘書とはひたすら頭を下げる仕事であると学んだ。相手がいくら親しげな態度をとっても、常に腰は低くしておかねばならない。

「先生のおかげでモンド氏とよい条件交渉ができそうです」

「祐一郎さんにはいつもお世話になってますから、このくらい当然です。それより土屋さん、まだお時間大丈夫ですか？　よければお茶でも」

「ありがとうございます。それでは遠慮なくちょうだいいたします」

　スタッフに経費の確認などもしておかねばならない。土屋は頼人のあとからスタジオに入った。

　三階建ての一階部分は旧撮影スタジオで、頼人はそこを畳敷き（たたみじ）にして書道パフォーマンスや大作の制作場所として使っていた。二階が「小柳書道スタジオ」の稽古場（けいこば）、そして三階が事務室や書作（しょさく）の保管庫だ。

　教室の行われる稽古場はぜんぶで四室あり、本格的な書道のための畳敷きの部屋が一室、あとは会議室のような長テーブルにパイプ椅子の教室が大小三つあった。

　今日は二時間だけ貸し切りにしてもらったので、いまは稽古場にもスタッフがいるだけだが、壁一面に張られた書作や、生徒が使う道具の様子からもふだんの活況が想像できる。

「あ、もう五時か。僕は今のうちに軽く食事をとるつもりですが、土屋さんもいかがですか？」

　頼人が壁掛けの時計を見ながら言った。

三階にある応接室は、白木（しらき）のテーブルや藍染（あいぞめ）のファブリックなど清々（すがすが）しい和のしつらえで、モンド夫妻もしきりに素敵なインテリアだと褒めていた。

「私のことはどうぞおかまいなく。すぐにお暇いたしますので」

それじゃ失礼して、と頼人がお茶を運んできたスタッフに「俺はいつもの。みんなも好きなの頼んでね」とケータリングサービスのフライヤーを手渡した。

「先生はこのあともお仕事ですか。お忙しいですね」

「はい、ありがたいことですよ」

頼人が晴れ晴れとした顔で笑った。本心からの表情に、土屋はちょっと好感を抱いた。どんな仕事でも仕事があるのはありがたい、というのは土屋自身も常日頃思っていることだ。

「それにしても小柳先生は見事な金髪でいらっしゃいますね。お母様が日本人だとうかがいましたが、日米のハーフでは珍しいのでは？」

「ああ、これは染めてるんですよ」

頼人が髪をかきあげたのが目にとまり、なにげなく褒めると、頼人はあっさりそう明かした。

「目も、これカラーコンタクトですから。コンタクト外して髪色戻したら、僕、かなり地味になっちゃいますからね。袴着たときのインパクト重視で頑張ってます」

「なるほど、営業努力ですか」

「カラコン外しても見た目はハーフなんで、昔はそれで書道やってると違和感があるってからかわれたりもしたんですけど、今はそれを売りにしてますからね。商魂逞しいでしょう？」

頼人は明るく笑ってから、ふと思いついた様子で応接テーブルの横のラックに手を伸ばして冊子を取り出した。「小柳書道スタジオ」と流麗な文字の入った案内パンフレットだ。

「失礼ですが土屋さんはきちんと字を習ったことはおありですか？　秘書さんともなれば、お礼状などしたためる機会も多いでしょう。楷書は少し基本を習得するだけで目を見張る変化がありますよ」

頼人がなめらかな弁舌で勧誘を始めた。

スタジオ主宰という肩書でありながらこんな小さな営業チャンスも逃さないとは、さすが「商魂逞しい」と自分で言うだけのことはあるな、と土屋は妙に感心した。

「こちらがビジネス書道全六回です」

頼人がパンフレットの中ほどのページを開いて、土屋のほうに向けた。

「ビジネス書道はチケット制ですから、今日は仕事が早く終わりそうだ、というときにさっとスマホで予約していただければＯＫです。基本はボールペンや万年筆の楷書ですが、もちろん筆もご指導できます。結婚式の記帳などには小筆を使うことも多いですから、習っておいてよかった、というご感想もたくさんいただいております」

あまり気乗りせずに営業トークを聞いていたが、土屋は「結婚式か」とすこし興味を惹かれた。

まだ具体的な話は出ていないが、ここのところ祐一郎の周辺から縁談の噂が洩れ聞こえるようになっている。相手は都銀の元頭取で政界にも顔の利く人物の孫娘らしい。要するに政略結婚だ。となれば婚約発表や結婚披露宴は想像を絶する盛大さだろうし、秘書として「美しい文字」が求められる機会もありそうな気がする。

「それに、静かに筆を執るのは気分転換になっていいとおっしゃって、ビジネス書道からそのまま趣味として続けられるかたも多いんですよ」

「なるほど、趣味として」

高校時代からバイトに明け暮れていた土屋は、趣味らしい趣味がなかった。必要に迫られて英会話だけは通っているが、退社後に書道を習う、というのはそれとは違ってなにやら新鮮で楽しそうに感じられる。

「女性の受講生さんも多いですから、新しい出会いのチャンスもあったりなかったり」

土屋の反応に、頼人が「あと一押し」とばかりに茶目っ気のある表情でつけ足した。

「あ、でも土屋さんなら、もうおつき合いしているかたがいますよね」

「いえ、いませんよ」

「えっ、本当ですか?」

頼人がおおげさに驚いて見せた。お約束のリアクションに「残念ながら」と土屋もお約束を返した。が、実際はべつに残念とも思っていない。

過去に一度だけ「彼女がいるってどんなもんかな?」という好奇心でつき合ってみたが、美味しくもまずくもない定食のような感じで、これは自分には向かねえな、と思ったので以後は合コンも紹介もスルーしている。いずれ好きな女性ができるかもしれないが、わざわざ自分から求めるほどのことでもない、というのが土屋の実感だ。

「土屋さんに彼女さんがいないなんて、びっくりですよ」

頼人はそこでわずかに顔つきを変えた。

「祐一郎さんは、…いるんでしょうね。もう三十八なんですし」

何かを探るような目に、おや、と土屋は内心で首をかしげた。まだなにひとつ具体的になっていないとはいえ、祐一郎の結婚話はまったく耳に入っていないのだろうか。従兄弟といってもほぼ他人のような間柄もあるだろうが、二人はいかにも仲がよさそうで、当然知っているものと思っていた。

「さあ、私は存じません」

土屋の立場でそれ以外の返事などできるわけがない。取り澄まして答えると、頼人もすぐ自分の愚問に気づいた様子で苦笑した。

「昔からすっごくモテるんですよ、祐一郎さん」

頼人が内緒話でもするように、悪戯っぽい表情で言った。

「かっこいいし、優しいし、そりゃモテるに決まってますけどね。親戚内でも遊び人で通ってるんです」

そうなんですか、と首肯しつつ、土屋は「社長の場合は遊び人というより八方美人というやつじゃなかろうか」と考察した。

プライベートな女性関係など詳しく知っているはずもないが、業界のパーティなどに同行した際の祐一郎は、とにかく女性に優しかった。見栄えがよく、育ちがよく、人当たりが柔らかいのでそりゃまあ狙われるわな、と女性が群がるのは土屋も納得するところだが、そのうえ「女性に恥をかかせては可哀想」という気持ちがあるようで、アプローチされるとはっきり断らない。「子どものころから女の子には優しくしろって叩きこまれてるんで、ついね」と肩をすくめていたが、それは優しいことになるのか？　と土屋は内心疑問だった。

実際、プライベートではちょくちょく女性と揉めている様子もあって、めんどくせえことしてんなあ、というのが土屋の偽らざる感想だった。

「小柳先生ご自身はどうなんですか？」

特に興味はなかったが、話の流れで訊いてみると、頼人は苦笑して首を振った。

「仕事仕事で、まったくダメです。二十六にもなって浮いた話のひとつもないのかって我ながらがっかりなんですけどね」

「別にいいんじゃないでしょうか。彼女とか奥さんとか、いれば楽しいんでしょうけど、いなければいないで、さっぱりしてていいですよ。世間は恋愛とか結婚とかを持ち上げすぎなんじゃないかと思いますね」

つい持論を口にした土屋に、頼人は意外そうな顔をした。

「土屋さんは仲良さそうなカップル見ても羨ましいとか思いませんか？」

「見た目ではわかりませんよ？　心の中ではどうやって別れようかと四苦八苦してるかもしれません」

過去に一度だけつき合った彼女はなかなかの粘り腰の持ち主で、土屋は別れるのに少々苦労した。

「そんな。でも、確かにそうかもしれませんね」

頼人がおかしそうに笑った。

「すっかり話がそれちゃいましたけど、どうですか、ビジネス書道」

頼人が改めてパンフレットを土屋にさし向けてくる。土屋はうーん、と腕組みをした。

「趣味と実用を兼ねるという点で、確かに書道はいいですね」

「そうですよ！」

頼人がすかさず食いついた。土屋はもう一度パンフレットに目をやった。さっき見た、頼人の気合の入ったパフォーマンスも思い出す。書道というのはなかなか奥深そうだ。新たな趣味ができれば僥倖だし、そうでなくても基本を習っておいて損はない。

チケット制で全六回、スマホで予約もキャンセルも自由、というコース設定は確かに会社員にはありがたい。

そういえば会社の福利厚生の「自己啓発のための社外受講費補助」で英会話に通っているが、あともうひとつ枠が残っていた。

それでは、と土屋は「ビジネス書道・全六回」に申し込みをすることにした。

3

すぱぱん、と軽快な音がして、小さな打ち上げ花火が夜空に散った。歓声と口笛の中、ステージ上に売り出し中のアイドルタレントたちが四人現れ、野太い声がいっせいに贔屓のタレントの名前を叫び始める。続いて大筆を脇に抱えた金髪の男が現れた。

「ぎゃー、頼人ぉー!」

土屋の隣にいた妹の有紗とその友人がぴょんと飛び上がって大声で叫んだ。前後左右の若い女の子たちも一斉に「ライト!」と声をあげる。

『小柳頼人withみっくすえんじぇるす』の新商品発売記念ライブは盛況のうちに幕を閉じようとしていた。清涼飲料水の新しいブランドとタイアップしたイベントだ。

チケットは商品についているシールを集めて応募した中から抽選で五百人をご招待、というやつで、土屋は先週頼人から「これ、よければ妹さんに」と関係者用のものを三枚もらっていた。

モンド夫妻の書道体験からひと月、頼人とは何回か彼の書道スタジオで顔を合わせ、そこそこ親しくなっていた。

教室の運営は弟子でもある数名の講師に任せていて、頼人が指導するのは大きな書道展に出品するような生徒のみだが、自分が勧誘したというのもあるのか、土屋がいるのに気づくとわざわざ声をかけてくれる。ほんの数分立ち話をするだけだが、一度、頼人が凝(こ)っているという中国茶を事務所でご馳走(ちそう)になったこともあった。

一応芸能人ということもあり、あまり人に話さないほうがいいだろうと判断して、土屋は家族にも頼人のことは伏せている。イベントのチケットも、会社の関係でもらった、とだけ言って妹に二枚を渡した。三枚ともやってもよかったが、土屋も頼人の活動に興味が出てきていたので、引率(いんそつ)と称して一緒に行くこととした。

イベントはアイドルの新曲発表に合わせて頼人がビッグパネルにその歌詞を書く、というよくわからない内容だったが、頼人がステージで生き生きと活躍しているのを見ていると退屈はしなかった。

それにしても暑い。夜になっても空気は熱をはらんでいて、ステージを一心に見つめる人々の中、土屋は汗で背中にはりつくシャツを指でつまんで、「あっちいなー」と嘆息(たんそく)した。

ステージでは終盤のトークが始まっている。背が高いのはこういうときに便利で、土屋は人の頭の上からMC相手にトークをしている頼人を見やった。今日も見事に波打つ金髪に袴(はかま)に襷(たすき)

で、楽し気に大きな口をあけて笑っている。あまり他人のことには興味のない土屋だが、頼人の明るい人懐こさは素直にいいなと思っていた。

「有紗、電車混む前に美月（みつき）ちゃんと先に帰れ。寄り道すんじゃねーぞ、二人とも」

頼人が「またね！」とファンに手を振ってステージを下りると、土屋はかたわらの妹とその友達に声をかけた。次にアイドルグループのトークが終わればいっせいにこの人波が駅に向かう。

妹たちと別れると、土屋はステージの裏手に急いだ。本人に会えるかどうかはわからないが、チケットのお礼を持参してきていた。

「あっ、土屋さん」

野外ステージはショッピングモールのイベントスペースにあり、関係者以外立ち入り禁止、と張り紙をたらしたロープの向こうの倉庫が楽屋のようだった。勝手に入るわけにいかず、スタッフはいないかときょろきょろしていると、思いがけず声をかけられた。頭からタオルをかぶった頼人だ。

「先生、お疲れさまでした」

「いらしてくれたんですか」

汗を拭（ふ）きながら頼人が早足で近づいてきた。

「妹さんは？　ご一緒じゃないんですか？」

「電車が混む前に、友達と一緒に先に帰しました」

「そのほうがいいですよね。この時間はただでも混みますから」

頼人は「ちょっと中で冷たいものでも飲みませんか」と土屋を誘った。

好奇心のまま楽屋代わりの倉庫に入ると、大型の冷風機が持ち込まれ、中はひんやりと快適だった。ステージではまだアイドルたちのトークが続いていて、時折歓声があがるのが聞こえる。パーテーションで間仕切りされて全部は見渡せないが、倉庫の中は誰の気配もしなかった。

「どうぞ」

頼人がクーラーボックスから今日のイベントのスポンサー提供らしい清涼飲料水のペットボトルを取り出した。

「ありがとうございます。それにしてもすごい人ですね」

「今日はまだ少ないほうですよ。これから夏のイベントが続くから気合を入れないと」

話をしていると、ひょいと誰かが戸口から入って来た。

「あ、祐一郎(ゆういちろう)さん！」

顔を上げて、頼人がぱっと笑顔になった。

「社長」

土屋も驚いたが、ふらりと現れた祐一郎も土屋がいるのに驚いて目を丸くした。

「土屋君も来てたの」

「小柳先生にチケットをいただいたので」

「そうなの？　知らなかった。来るなら来るって教えてくれたらよかったのに」

祐一郎は滑らかな素材のシャツにすっきりしたシルエットのボトムで、髪をラフに下ろしていた。普段のスーツ姿のときより数段若々しく見える。

「私のプライベートの予定を社長にお教えする義務はないですよ」

社内でもふたりきりのときは若干ずけずけした物言いになる。今はプライベートだという意識があるので、さらに遠慮する必要を感じなかった。

「まあ、それはそうだけどさ。それにしても君の私服を初めて見たけど、ずいぶん普通だね」

「そりゃ普段着っていうくらいですから」

量販店のTシャツにジーンズで、お洒落要素は一切ないが、なんの問題もない。

「もったいないなあ、土屋君、もうちょっといいもの着ればすごくかっこよくなるのに」

「おおきなお世話ありがとうございます」

横で話を聞いていた頼人が何がおかしいのかくすくす笑った。

「祐一郎さんこそ、来てくれるんならそう言ってくれたらよかったのに」

頼人が口を挟んだ。そのどこか拗ねるような調子に、土屋はおや、と若干の違和感を感じた。

「急に予定が変わったんだよ。来ないほうがよかったか？」

「そんなことはないけど」

「じゃあいいだろ」

なんでもない会話だが、年の離れた従兄弟というのには似つかわしくない、甘い気配を感じ、土屋はちょっと戸惑った。この前の接待のときには感じなかったが、あれは仕事中だったからで、普段はこんな感じなのだろうか。

「それじゃ、私はこれで」

イベントが終了したらしく、表のほうが騒がしくなった。二人の醸し出す空気になんとなく押されて、土屋はそれを潮に座っていたパイプ椅子から腰を上げた。

「お疲れさま」

「土屋さん、また教室で」

失礼します、と挨拶をして倉庫から出ると、イベントスペースから大量の人がぞろぞろ駅に流れているところだった。

もうちょっと早く出ればよかったな、と後悔しながら駅に向かいかけて、土屋は手に紙袋を持ったままなのに気がついた。チケットのお礼代わりに、頼人が凝っているという中国茶の茶葉を渡そうと持ってきていたのに、うっかりしていた。

駅前の交差点で赤信号に引っかかり、見ると改札周辺も人が滞留している。満員電車に乗り込むのもうんざりで、少し時間をずらすか、と考え、それなら忘れていたお礼を渡しに戻ろう、と土屋は踵を返した。もし頼人に会えなかったら、そのへんのスタッフにでも預ければいい。

「——ん？」

人波を避けようとわき道に入ると、狭い道路で路駐している車が目についた。街灯の届かない位置で暗いが、ボンネットの流線型に見覚えがある。祐一郎の所有している英国車だ。運転席に人がいる。シルエットで祐一郎だとわかった。

帰るところなのか、と思ったがエンジンをかける様子もなく、よく見ると助手席にも人がいて、話をしているようだ。もしかしたら、と目を凝らすと、やはり助手席にいるのは頼人だった。くるくるの金髪が暗がりでうっすらと光っている。

ちょうどいい、とそちらに足を向けかけて、土屋はぎょっと足を止めた。

「——えっ」

白い腕がするっと祐一郎の肩の上から現れた。小袖がまくれあがり、祐一郎の頭を抱えるようにしている。

ふたりがキスしているのだ、と理解するのに数秒かかった。

棒立ちになった土屋が息をするのを思い出したとき、重なった車の中のシルエットも離れた。

驚きすぎて、動けない。

ふたりはしばらく話をしているようだったが、やがて車のドアが開く音がした。土屋は反射的にそばの電柱の陰に隠れた。多少のことでは動揺しないほうだという自負があったが、さすがに驚いた。

「頼人」

　助手席から下りた頼人が、呼び止められてドアを閉める手を止めた。かがんで運転席の祐一郎となにか言葉を交わしている。内容はわからないが、声の調子が柔らかく、今さらさっきの頼人の拗ねた物言いや二人の甘い空気の意味が腑に落ちた。

　まさか、とまじか、が何度も頭の中をリピートする。

「じゃあ、祐一郎さん、また」

　今度こそドアを閉めると、頼人は軽く手を振ってイベントスペースのほうに急ぎ足で引き返して行った。それを見送るようにしばらくしてから車のエンジンがかかり、祐一郎も車を出した。

「……」

　今見た光景が信じられず、土屋はごくりと唾を呑み込んだ。驚きでまだ心臓がごとごと音をたてている。

　二人はゲイだったのか。

　そんでもって、つき合ってたのか。

　いや、これはびっくりだ。

　車が大通りに出て見えなくなると、土屋ははあっと大きく息をついた。

　頼人はともかく、これだけ長時間一緒にいても祐一郎がゲイだとは、まったく気づかなかった。

常に女性の影がつきまとっている様子だったが、あれはもしかして実はぜんぶ男だったのか？　パーティなどで、祐一郎は寄って来る女性に均等に優しかったが、あれも特段興味がないからこその神対応だったというわけか。耳にしていた縁談話がなかなか具体化してこないのも、もしかしたら祐一郎がどうにか回避しようとしてのことだったのかも…。

いろいろ考えを巡らせているうちに落ち着いてきて、土屋は少し迷ってからイベントスペースのほうに向かった。まだ駅は混んでいるだろうし、せっかく用意してきたのだから頼人にお礼を渡したい。

驚きはしたものの、祐一郎と頼人がどういう仲であろうが自分には関係のないことだ。さっき見たものは心の中だけにとどめておくつもりで、土屋は頼人のあとを追った。

「小柳先生」

楽屋代わりの倉庫が見えてきたあたりで追いついて声をかけると、考え事でもしているようにゆっくり歩いていた頼人がびくっとして振り返った。

「――土屋さん？」

「さきほどは、失礼しました」

土屋は何食わぬ顔で紙袋を差し出した。

「これ、今日のチケットのお礼です。さっきお渡ししようとして、忘れていました」

頼人がすばやく土屋の表情を窺う気配がした。

「…そんな、気を遣わないでください」

頼人がややぎこちなく紙袋を受け取った。

「たいしたものじゃないんです。先生が先日淹れてくださった中国茶が美味しかったので、私も買ってみようかと思いまして。ついでといってはなんですが、そのときに求めましたので受け取ってください」

土屋の態度がいつも通りなことを確認して安心したのか、頼人の固くなっていた頬がゆるんだ。

「あ、『茶壺』のお茶じゃないですか」

紙袋にプリントされたロゴを見て、頼人が嬉しそうに中をのぞいた。茶葉を入れた丸い缶のパッケージも女性の好きそうな可愛らしいデザインだ。

「これは白鶏冠ですね、ありがとうございます」

「こちらこそ、初めて先生の書道ライブが見られて、妹も大喜びでした」

まさか有紗も自分の推しがゲイだとは思ってねえだろうなあ、とついそんなことを考えて、土屋は頼人を眺めた。すると自動的に暗がりで目に沁みるほど白かった頼人の腕のラインが脳裏に浮かんできた。

するりと袖が落ちて、二の腕までが露わになった。あまりの白さとラインの美しさに、ほんとうに目が釘づけになった。

キスは時間にしてほんの数秒のできごと、それも暗くてシルエットが重なり合っただけしか見えなかったが、そのぶん頼人の腕の白さとなまめかしい動きが強烈に目に焼きついている。

「――土屋さん」

「あっ、はい」

少し思い出していただけなのに、頼人の目が険しくなっていて、土屋はぎくりとした。

「なんでしょうか」

急いで作り笑いをしたが、観察するような頼人の目つきに、背中にじわっといやな汗がにじむ。

「――見ました？」

「え」

いきなりそんな直球がくるとは思わず、土屋はうろたえた。頼人の目が鋭く尖る。

「見ましたね？」

「や、あの…」

口ごもってから、しまった、何をですかってとぼけりゃよかったんだ、と気づいたが遅かった。頼人は無言で睨んでいる。美形なだけに大迫力だ。

「ちょっとこっちに来てください」

頼人はいきなり土屋の腕をがしっとつかんだ。きょろきょろ周囲を見渡すと、人けの少ない方にずんずん土屋を引っ張って行く。

「小柳先生、あの」

言い訳しようとしたが、頼人の背中はきっぱり拒否して取りつく島もない。

「いいですか。よく聞いてください」

倉庫の裏まで行くと、頼人は腕を離して土屋のほうにくるっと向き直った。遠くからの照明を受け、金髪とグリーンがかった青い目が煌めいている。あ、きれいだな、と一瞬今の状況を忘れて見惚れた。

「土屋さん」

頼人が一歩近づいた。はっとして思わず後ずさる。

「な、なんでしょう」

「祐一郎さんは、ゲイじゃないんです」

また直球がきた。

「えっ、あっ、はあ」

二度目の直球もうまく受け取れず、土屋は間抜けな反応を返すことしかできなかった。頼人は視線をそらさず、あとずさった土屋にまた半歩近づいた。

「ゲイなのは俺で、片想いしてるのも俺です。祐一郎さんは優しいから、俺のこと可哀想でときどきああいう感じで応えてくれるけど、それだけなんです。祐一郎さんは俺のこと、ただの従兄弟としてしか見てません。本当です」

必死で訴えている頼人の言いたいことがようやくわかって、土屋は急いで「了解です」とうなずいた。さっきのきつい表情から一変して、頼人は縋るような目をしている。

土屋自身に「驚いた」以上の感想がなかったので考えが及ばなかったが、確かに見る人によっては「あり得ない」ことかもしれない。

必死になっているのが痛々しくて、土屋は安心してもらえる言葉を探した。

「私は口は堅いので、ご安心ください。第一、お二人とも独身なわけですし、なんの問題もないですよ。確かに驚きましたが、それだけです。でも世の中には偏見を持つ人もいるでしょうし、お二人とも特殊な立場でいらっしゃることも承知していますから、口外したりいたしません。お約束します」

心を込めて話すと、頼人が大きく目を見開いた。

「あ、ありがとうございます…！」

本心からの言葉だと伝わったのか、頼人がほっと緊張を解き、うつむいた。

「よかった…」

急に鼻をすすって、目のあたりを手のひらでこすったので、土屋は驚いた。

「だいじょうぶですか」

「す、すみません…俺、動揺しちゃって。見られたのが土屋さんでよかった」

声がかすかに震えていて、頼人がどれほど焦ったのか、手にとるようにわかった。

「久しぶりに二人きりで話せて嬉しくて、つい人に見られるかもしれないとこであんなことしてって頼んで、俺…」

明るく溌剌(はつらつ)とした頼人しか知らなかったので、後悔と安堵で涙ぐんでいるのを見て、土屋も少なからず動揺した。「見たことを黙っていれば大丈夫だ」と安易に判断したが、うかつだった。これは絶対に洩らしてはならぬぞ、と改めて気を引き締める。

頼人が自分の保身より、まず「祐一郎さん」を庇(かば)おうとしたのにも心を動かされた。

「私こそ、のぞき見するつもりはなかったんですが、結果としてそうなってしまって、申し訳ありませんでした」

「悪いのはぜんぶ俺です」

頼人が悔やむように首を振った。

「とにかく、私は誰にも言いませんし、忘れます。ですから先生ももう気になさらないでください。それよりもしかしたらスタッフのかたが探しているかもしれませんよ。そろそろ戻られたほうが」

気づくとイベントが終わってもうずいぶん経っている。

「あ、そうですね」

頼人が気を取り直した様子で顔を拭った。

「それじゃ、私はここで失礼します。お疲れさまでした」

労わりをこめて頭を下げると、頼人も両手を膝のところにやってきちんとお辞儀をした。

「――土屋さん」

頼人はすっと姿勢を正し、行きかけていた土屋を呼び止めた。

「はい」

振り返ると、頼人の金髪が遠くからの明かりを受けて、発光するように輝いていた。きれいだ。

「土屋さんのことは信じていますが、もし祐一郎さんに迷惑がかかるようなことになったら、俺は死んでお詫びをします」

「は⁉」

いきなりの宣言にびっくりしたが、頼人の目は笑っていない。

「祐一郎さんに迷惑をかけるくらいなら死んだほうがましなんです。それだけ、忘れないでください」

表情としては笑っているのがかえって「本気だ」と思わされ、背筋のあたりが急にすうっと涼しくなった。

「それでは、失礼します」

一礼をすると、頼人は土屋の横を通り過ぎ、イベントスペースのほうへと歩いて行った。さくさく、と雑草を踏みしめる音が遠ざかる。土屋は唖然としてその後ろ姿を見送った。

——迷惑をかけるくらいなら、死んだほうがましなんです。

静かな言葉は決意に満ちていて、土屋はぶるっと頭を振った。

本当に、忘れよう。

袖から伸びた白い腕の残像ごと忘れるつもりで、土屋も駅のほうに向かって歩き出した。

4

土屋さん、と頼人の声がした。

金曜日の夜八時、小柳書道スタジオの「ビジネス書道」講座はいつもより若干人が少なかった。

「あっ、はい」

片づけを終えかけていた土屋は、どきっとしながら戸口のほうを向いた。「お疲れさまです」と笑顔をつくって、頼人がトレードマークの袴姿で立っている。

頼人目当ての受講者も多いが、教室でファン目線で接することは禁止になっているので、あっ、という声にならない声が女性受講者の間から起こったものの、みな頼人の姿を愛でるだけで満足している。

「ちょっといいですか?」

「なんでしょう」

土屋は道具をロッカーに仕舞うと、頼人のほうに近寄った。

イベントの夜から一週間ほどが経っていた。

絶対に口外しないでほしいとかなり捨て身な感じのお願いをされて、土屋もそうするつもりでいた。が、はっきり言って頼人のお願いは逆効果だったと思う。

「自分が祐一郎さんに片想いしてるだけ」「祐一郎さんは優しいからちょっと相手してくれてるだけ」「なのに迷惑かけたら死ぬ」とまで言われ、土屋はむしろそっちのインパクトで忘れようにも忘れられなくなっていた。

祐一郎は見られたことにはまったく気づいていない。次の日も「また頼人のイベント行くことあったら今度は一緒に行こうよ」などと能天気に誘ってきて、土屋は内心でちょっとイラっとした。

頼人の今までの言動をよく思い返してみると、片思いしているだけ、というのは本当だろうという気がしたし、土屋の知っている祐一郎の性格を考えれば「優しいからちょっと相手をしてくれてるだけ」もあり得そうに思えた。

しかし「もし迷惑かけたら死んでお詫びをする」とまで思いつめていることは、祐一郎はわかっているのだろうか。わかっていない気がする。

「このあと、食事でもしませんか」

頼人が小声で言った。

急な誘いに戸惑ったが、笑顔なのに頼人は目が笑っていない。

「駅の向こうに月夜っていう店があります。そこで待っててください」

土屋が返事をする前に、頼人は有無(うむ)を言わさない素早さで囁き、離れて行った。

気が重いが、しかたがない。

土屋はため息を押し殺して帰り支度をした。


頼人の指定した店はすぐにわかった。

マンションの一階に入っているレストランバーで、スポット照明で照らされている入り口のスタンドメニューを見ると、小洒落(こじゃれ)た一品料理の写真が並び、フードも充実しているようだ。

「いらっしゃいませ」

中に入ると思いがけず広かった。奥はグループ客で埋まっていたが、手前のテーブル席にはまだ余裕がある。

あとから連れが来る、と言って二人掛けの席に案内してもらい、とりあえずビールを頼む。

会社の飲み会くらいしか行かない土屋は、気が重い一方で、銘柄豊富なアルコールのメニューを見るだけで少しテンションが上がった。

「土屋さん」

ビールを半分ほど飲んだところで、頼人がやってきた。緩いシルエットのジーンズに白いリネンシャツというシンプルな格好で、キャップをかぶっている。そして目の色は褐色だった。

「遅くなってすみません」

袴と金髪碧眼の印象が強いので、それがないとまるで別人のようだ。土屋は一瞬戸惑った。

「コンタクト取ると地味でしょう」

頼人が笑った。

「そんなことはありませんが、確かに雰囲気変わりますね」

周囲も小柳頼人とは気づいていない様子で、オーダーを取りに来た店員だけは、すぐ近くで見て、一瞬あれ、という顔をしたが、それだけだった。

「――この前は、すみませんでした」

メニューをホルダーに戻しながら、頼人が気まずそうに謝った。

「なんだかいろいろ、変なところをお見せしてしまって。おまけになんか焦っちゃって、死ぬとかなんとかおおげさなこと言ったから、びっくりさせちゃっただろうなって、あとからすごく恥ずかしくなりました。ちゃんとお詫びがしたかったんですけど、土屋さんに直接連絡するのもしづらくて…、今日も強引にお誘いして、すみませんでした」

　頼人のしおらしい発言に、土屋はかなり拍子抜けした。

「いえ、そんなことはないですよ。あまり外で飲んだりしないんで、たまにはいいなと思っていたところです」

「ほんとですか」

　少し緊張していたらしい。頼人がほっとしたように肩の力を抜いた。土屋も何の話をされるのかと身構えていたので、お詫びがしたくて、と言われて、なんだそんなことか、と安心した。

「それで、その…、祐一郎さんは…」

　頼人が言いづらそうに土屋を窺った。

「お約束通り、私は何も言っていませんし、社長も何も気づいておられませんよ」

　それを一番気にしていたらしい。土屋の返事に、頼人は一瞬息を止め、それからほっと肩を揺らした。

「信用してください。大丈夫ですから」

「そうですよね。すみません」

　頼人はよかった、というように胸のあたりに手をやった。

「あの、今日はご馳走させていただきますから、どんどんお好きなもの頼んでくださいね。ここ、いいワイン置いてるんですよ。ヴィンテージでもなんでも、遠慮なくどうぞ」

安堵で声が明るくなっている。土屋のグラスが空（から）になっているのを見て、頼人がメニューを差し出した。

「ありがとうございます」

奢（おご）ってもらうつもりはなかったが、たまにはこういうところで飲むのもいいな、と土屋はドリンクリストをめくった。

「小柳先生のそれは、どんな味なんですか？」

ちょうど運ばれて来たロングカクテルは、おおぶりのグラスにクラッシュアイスとグリーンがたっぷり入っていた。

「ここのモヒート、シロップが自家製で美味（おい）しいんですよ。試してみますか？」

すっかり気が楽になった様子で、頼人は土屋の前にグラスを押し出した。

なぜか黒いストローが二本ささっていたので、土屋は遠慮なく一口飲んでみた。

「どうですか？」

「薄荷（はっか）だ」

「そりゃミントですから」

頼人がおかしそうに笑う。

「なるほど、こういう味なんですね。会社の飲み会でよく女の子が飲んでるから、どんな味なんだろうと思っていました」

「興味あるなら頼んでみればよかったのに」

「そうなんですけど、会社の飲み会だと幹事ポジションなので、人の世話してるうちに忘れてしまうんですよ。自分ではあまり飲みに行きませんし」

「そうなんですか？　土屋さん、行きつけのお店とかたくさんありそうですけど」

頼人が意外そうに言った。

「いえ、ずっと飲みに行くような余裕がなかったもので」

隠す理由もないので、土屋は「私の実家は自営なんですが、一時期かなり厳しかったんですよ」と説明した。

「それで私と二つ上の兄とで家計を支える必要があって、自由に飲みに行けるような状態じゃなかったんです」

頼人がえ、と困惑した表情で目を見開いた。

「あ、もう返済は終わってますから、そんなに気の毒そうな顔しないでください」

それに、ぜんぶ家族で相談して決めたことだ。

土屋の両親はざっくばらんな性格で、大口の取引先が倒産して売掛金(うりかけきん)が回収できなくなったときも、早いうちから「おいおまえら、まずいことになったぞ」と子どもにもオープンにした。しっかり者の兄は「俺と明信(あきのぶ)にもわかるように状況を教えてくれ」と両親に説明を求め、土屋も交えた四人で家族会議を開いた。

両親は廃業と自己破産も視野に入れていたが、それは当時高三と高一で、そこそこの進学校に通っていた兄と土屋の進路を考えてのことだった。

「俺はそこまで大学にこだわってないけど、おまえは？」と兄に訊かれ、同じく大学にさして魅力を感じていなかった土屋は「いずれ行きたくなったらそのときはまた考える」と応えて話はまとまり、借金返済と家業の存続に一致団結して取り組むことになった。

借金の返済自体は社会人二年目くらいに終わり、それもあって「彼女ってどうかな」とつき合ってみたりもしたのだが、人を雇う余裕はまだなかったので家業の手伝いは必須だったし、年の離れた妹もいて、なかなかゆっくりと羽を伸ばせる環境にはならなかった。

「そうだったんですか…」

頼人は目を丸くして話を聞いていたが、ほっと息をついた。

「土屋さん、ご苦労なさっていたんですね」

「いえ、苦労ってほどのことでもないですよ。私の場合は働くほうが性に合っていましたしね」

よく親孝行な兄弟だと褒められたが、土屋はあまりピンとこなかった。

廃業になった場合の親の老後も含めて、自分たちにもメリットがあると判断したからこその決断だ。家業そのものも一時的な苦境を乗り越えられれば持ち直すという見通しがあったから手を貸した。親孝行、という言葉の持つ盲目的な自己犠牲精神には違和感がある。

「あ、それ、なんかわかります」

話を聞いていた頼人が、やけに生き生きとうなずいた。

「俺も十五から生活ぜんぶを仕事につっこんでますけど、自分でそうしたいと思って働いてるだけですから、偉いねとか言われるとなんか違うって思っちゃうんですよね。強制されてるわけじゃないのに、子どもが遊ぶ暇もないなんて可哀想とか言われると、勝手に同情されてもなってちょっとイラついたりして」

今度は土屋が「わかります」と大きくうなずく番だった。

「俺、人間には二種類いると思ってて」

頼人がわざとらしいキメ顔になった。

「自分で決められる人間と、そうじゃない人間。みんながそうしてるからとか、親がそう言うからとかで物事決める人もいっぱいいるけど、俺は自分で考えて、なんでも自分で決めたいんです。助言もいらない。人には苦労する権利だってありますよね?」

冗談めかした口調だったが、いつも考えていることらしく、頼人は確信に満ちた様子で話した。

「確かにそうかもしれないですね」

土屋も自分で決めたいほうだし、外野の意見はいらない派なので、頼人の言うことにはおおいに共感した。

「でも私の場合は気がついたら妹は高校生になってましたし、家業のほうも人を雇えるところまできましたので、今は本当に自由の身なんです。ただずっとそういう状態だったもので、気軽に誘える友人がいなくて。ですから今日はお誘いいただけてよかったですよ」

それは本心だった。最初こそ気が重かったものの、店の雰囲気もいいし、小洒落た料理や酒ももの珍しい。

「それじゃ今日はぜひいろいろ試してください」

頼人が弾んだ様子でドリンクリストを開いた。

「たまにスタッフとここに来るんですけど、本当にどれも美味しいですよ」

頼人に勧められるまま、店のオリジナルカクテルをいくつか注文して、土屋は独創的な色や香り、グラスの飾りなどを堪能した。燻製が看板メニューということで、チーズや卵などの珍しい燻製をオーダーし、これにはワインが合いますよ、と勧められてワインに移る。

「土屋さん、お酒相当強いですよね。ぜんぜん酔ってないでしょう」

燻製のチーズと渋みのあるワインがよく合い、フルボトルの最後の一杯を飲み干すと、頼人が感心したように言った。

「そうですね、今のところは」

「すごいな」

会社の飲み会でも土屋はいつも介抱要員になっているので、確かに強いほうだろうとは思う。

「先生もお強いでしょう?」

「いや、俺は普通で…、土屋さん、先生はもう止めましょうよ。なんか、めんろくさい」

いつの間にか頼人の話しかたがやや怪しくなっていた。ほろ酔い、という感じに目元も赤い。

「あの、土屋さん。またたまにはこうして飲みませんか。実は俺も、気軽に誘えるような友達がいないんです」

頼人が意外なことを言い出した。

「俺の場合は自分のわがままなんですけど、やっぱりずっと仕事ばっかりできて、仕事に関係のない飲み友達とかいないんです。最近になってそろそろちょっとここらで休憩入れたいなって気になってたんですけど、誘える友達いなくて。これも縁だし、仲良くしてください」

「はあ…」

どこまで本気で言っているのか判断がつかず、土屋は曖昧にうなずいた。

「いいですか？　本当に？」

「ええ、私は別に」

「じゃあこれからつっちーって呼んでもいいですか？」

頼人が明るく訊いた。

「…つっちー、とは」

声が平坦になる。

「土屋で、つっちー」

頼人がにまっと笑って土屋を指さした。

「俺のことは頼人でいーです」

それはいくらなんでも唐突に距離縮めすぎだろ…と呆れたが、どうも顔に出ているよりも酔っている様子で、頼人は楽しげに「つっちー」と呼んだ。

「……、まあ好きに呼んでくださってかまいませんが、私は先生を呼び捨てにはできませんよ」

「ええ〜、なんで?」

頼人が悲しげに眉を寄せた。芝居がかった表情に、これはいかん、と土屋は急いで店員にチェイサーを頼んだ。

「先生、ちょっと水を飲みましょう」

「だから先生はやめて」

運ばれて来た水のグラスを勧めたが、むっとして拒否する。

「えーと、じゃあ、小柳さん」

「小柳さんもダメ、『頼人』」

「…頼人」

しかたなく呼び捨てにすると、やっと納得したようにグラスの水をうまそうにごくごく飲んだ。

「はー、んま」

「それじゃ、そろそろ帰りましょう」

　ここらでお開きにしたほうがいい、と判断して水を飲み干した頼人をうながすと、「えー、もう？」と思ったとおりの文句を言った。

「明日も仕事があるんじゃないですか？　あんまり遅くならないほうがいいですよ」

　言いながら時計を見ると、もう十一時半を回っていて、そんなに経っていたのか、と土屋は少し驚いた。これが美味い、あれもなかなか、と言い合っていただけなのに、あっという間だった。

　まだ飲む、とごねるかと思ったが、頼人は「仕事」と聞いたとたんに「あー」と嘆息して、案外すんなりと帰り支度を始めた。仕事熱心なのは酔っていても変わらないようだ。

「先生、大丈夫ですか」

　立ち上がった瞬間大きくよろけて、土屋は慌てて頼人の腕を取って支えた。

「せんせーじゃないし。『頼人』」

「はいはい、とりあえずちょっと待っててくださいよ」

　面倒くさくなって、土屋もぞんざいな口をきいてレジに向かった。

　奢ってくれるんじゃなかったのかよと思いつつ、別に嫌な気もしない。誰かと二人でこんなふうに飲むのは、考えてみればこれが初めてで、思いがけず楽しかった。

「先生、じゃないや、頼人。タクシー拾いますか？」

店を出ると、頼人はまた大きくよろけた。まだ終電には間があるが、頼人はずいぶん酔っているし、路線によっては途中でなくなりそうだ。

「家はどちらですか?」

「俺は事務所に泊まるから、いーの」

「あ、そうか。その手があった」

「つっちーも泊まってけば?」

「とんでもない。俺も明日は仕事がありますから、帰りますよ」

明日は土曜だが、持ち出し禁止の資料作成がある。

「そーなの?　つっちーも仕事頑張るマンだねー」

へへ、と笑った頼人は完全に酔っぱらっている。しょうがねえな、と土屋は事務所まで送って行った。

「つっちー、ごめん、鍵あけて」

頼人の脳内ではもう完全に「つっちー」が定着しているらしい。そんな呼ばれかたをされたことがないので、なんだか妙な気分だ。でも嫌でもない。

頼人の指示で一階の書道スタジオの畳(たたみ)に、奥にあった布団を敷いてやると、頼人は「サンキュー」と上機嫌でダイブした。

「じゃあ俺は帰りますからね」

土屋もつい笑ってしまった。

「あーい。あんがとねー」

頼人はにま、と笑って手を振った。そのすっかり気を許した様子に、土屋もつい笑ってしまった。

あの夜の「祐一郎さんに迷惑かけるくらいなら死んだ方がマシなんです」と思い詰めたように言っていた頼人を思い出し、土屋はふと祐一郎に縁談があることを本当に知らないんだろうか、と考えた。

祐一郎に彼女がいるのかと探りを入れようとしていたくらいだから、たぶん何も知らないのだろう。

部屋の戸口のところで振り返ると、頼人は腕を伸ばしてエアコンの操作をしていた。くるくるの金髪が布団の小山から覗いている。

俺の片思いなんです、と一生懸命訴えていた頼人を思い出すと、なんだか可哀想になった。少し話を聞いただけだが、ずっと一人で仕事をしてきて、頼人にとって「祐一郎さん」は心の支えだったのではないか。

八方美人で人を振り回すのは優しさじゃねーぞ、と心の中で上司を批判しながら、土屋は書道スタジオを出た。

5

九月になって、急に空の色が変わった。

先週までもったりしていた空気が軽やかになって、ああ秋になったなと思う。ほんの数週間前までは人でにぎわっていたはずの砂浜は、海の家も撤去され、静かなものだ。

「つっちー」

少し前を歩いていた頼人が、急にしゃがんで何かを拾った。

「見て見て、でっかい貝がら！」

「クラゲ落ちてっからさわんなよ」

「うん！」

お詫びと称して奢らされた夜から、頼人とは急速に仲良くなっていた。

一緒に飲んだ次の日に大慌てで「昨日はすみませんでした。あらためてお詫びを」と連絡が来てまた飲みに行き、結果としてまた酔っ払いに奢らされる羽目になった。

陽気な酒なので楽しかったし、人に奢る経験がなかったのでこれはこれで気分いいもんだな、とそんな感想も抱いたが、さすがに二日連続で飲んだから今日はゆっくりしようと思っていた三日目の夜に、今度こそご馳走しますから、と拝み倒されるようにしてまた呼び出され、ようやく高級焼き肉を奢ってもらった。そしてそのときにはもうすっかり打ち解けていた。

頼人は土屋が思っていた以上にストレートな物言いをする性格だった。

友達できて超嬉しい、と臆面もなく言い、つっちー、つっちー、としょっちゅうメッセージを送って来る。

土屋は最初のうち、祐一郎の動向を知りたくて接触してくるのでは、と勘ぐっていた。が、どうも本当に土屋のことが気に入った様子で、むしろ祐一郎の話題は恥ずかしいからもういい、と避けるそぶりさえ見せて、ひたすらごはん行こう、飲みに行こう、とせっせと誘ってくる。

そんなふうに好意を丸出しにされて気分が悪いはずもなく、あっと言う間に学生同士のようなつき合いをするようになってしまった。深夜にボウリングをしたり、アーケードゲームで真剣に対戦したり、お互い今までそういう遊びに興じる機会を逃してきたので、同じレベルで楽しめる。

ただ、タレント活動もしている頼人とはなかなか休みが重ならない。

それが九月の第三土曜、予定が変わって丸一日オフになった。今ならまだ間に合うから海行こうよ、海！　と頼人が興奮気味に提案してきた。

「友達と海行くのとか、新鮮。なんかわくわくする！　つっちー海とか遊びに行った？」

「海っていうと、海沿いの国道工事で一晩中セメント袋を運んだ思い出しかねえな…あれはさすがに過酷だった」

「上書きしようよ、つっちー、海の思い出を美しくさあ！」

そうはしゃいでいる頼人も、海の一番の思い出は「テレビ出られるようになってすぐのころ、ロケしたよ、芸人枠で。すいかの役やった…」とやや遠い目をしていた。

お互い二十六にしてようやく楽しい海を堪能できる、と頼人がレンタカーを借りてきて、サーフィン天国で有名な海岸までドライブすることになった。サングラスに派手目のシャツで、頼人は朝から浮かれていた。

朝早くから出かけ、かっこよく波乗りをしているサーファーたちを「すげー」「すげー」と眺め、サンドアートをつくったり、ビーチボールをしたり、地味に海を満喫した。この地味さがいいよね、と頼人はずっと浮かれっぱなしで、つられて土屋も楽しんだ。

「でもつっちーは彼女いたんだろ？　海デートはしなかったんだ？」

消波ブロックの上でアイスを食べながら頼人が訊いた。いつの間にか太陽は真上にきていて、やや曇天だが松の枝が影をつくってくれていなかったら尻をやけどしそうだ。

カラーコンタクトを外し、髪をキャップに押し込んでいると、頼人はそこまで人目につかない。ハーフパンツに長袖の白いラッシュガードを着ていて、爽やかだ。土屋はいつものジーンズとTシャツで、足元だけビーサンにしたが、なかなか暑苦しい。

「海はねえなー。俺、つき合ったの一人だけで、それも秋から半年くらいで別れたから。いろいろイベントは多かったけどな」

ハロウィンから始まって、クリスマスに初詣、バレンタインと次から次にこなすべき恋人イベントがあり、なんか疲れるぞ、こりゃ俺には向かねえな、と土屋は早々に悟った。

「でもつっちーは一人でもいるからいいじゃんか。俺なんか誰ともつき合ったことない…」

頼人が急に暗い顔をしてアイスをくわえた。

「ないのか」

「ない…。あっ、そんじゃこいつ童貞かって今思ったな？　ざんねーん、したことはありまーす」

「誰もそんなこと訊いてねえだろ。って、つき合ったことはないけど、することはしたんか」

割り切った関係というやつか、とちょっと興味をひかれる。

「まー俺たちの世界はそういうの緩いから。でもなんか虚しくなるし、適当な男見つけるのもリスク高すぎだから、あんましてない。四回くらい」

わざわざ回数を教える意味がわからんな、と土屋はアイスの棒をくわえてごろりとコンクリートの上にひっくり返った。じりじりと照りつけられて、日陰から出た足先が熱い。

「それに俺、やっぱり祐一郎さんのことがずっと好きだったからさ…」

ちょっと沈黙があってから、頼人が膝を抱えて言った。

頼人の口から祐一郎の名前が出たのは、初めて一緒に飲んだとき以来だ。なんとなくどきっとした。

「いつから？」

ちょっと迷ったが、訊いた。

「んー…中学くらい」

「中学？　マジか。驚くべきしつこさだな」

「悪かったな」

頼人が足を蹴ってくる。

「でも社長は『違う』だろ？」

バイセクシャルという可能性もあるが、頼人はひざに顔をうずめて、うん、とうなずいた。

「その上、すんげーモテるし、遊び人だし。でもそんなのわかってても好きになっちゃったから。俺さ、母さんがアメリカに留学してるときに向こうの学生と恋愛してできた子なんだよ。そんで俺が一歳くらいのときに別れて日本帰って、じーちゃんの家でしばらく一緒に暮らしてたんだけど、すぐまた今度は日本に駐在してたアメリカ人とつき合って、その人が帰国するとき、自分だけついてっちゃったんだ」

初めて聞いた頼人の成育歴はなかなか特殊なものだった。どう口を挟んでも的外れになりそうで、土屋は黙っていた。

「祐一郎さんは母さんのお姉さんの子でさ、そんなに頻繁に会えるわけじゃなかったんだけど、母さんがいない俺のこと可哀想に思ってくれたみたいで、すんごい俺に優しくて、遊びに連れてってくれたり、旅行のお土産くれたりしてさ…」

祖父が書道の師範だったことから、頼人も早いうちから本格的に書に打ち込んでいたが、外見とのギャップから色眼鏡で見られることも多かったようだ。気が強いのでいじめられることはなかったが、喧嘩ばかりして友達はできなかったらしい。

「でも俺には祐一郎さんがいるからいい、っていつも思ってた。ほんと、かっこよくて優しくて、大好きなんだ…！」

かみしめるように言って、頼人はへへ、とちょっと照れた。

好きだ、と打ち明けたのは高校のときで、進路に迷っていた頼人に、祐一郎は親身に相談に乗ってくれ、それが嬉しくて、勢いで打ち明けてしまったという。

「さすがにびっくりしてたけど、そう？ ありがとう、嬉しいよって言ってくれて…、そのとき、キ、キスしてくれてさ……」

内心で「おっさん、なにやってんだ」と八方美人の上司に突っ込んだが、土屋は黙って聞いていた。同時に、頼人が祐一郎の縁談をまったく知らないでいるらしいことを察して、心が重くなった。

「無理ってことはわかってるし、キスしてくれるだけでほんと充分なんだ」

立てたひざに両肘をついて顔をささえ、頼人はふう、と息をついた。海からの潮風が髪をそよがせている。

「なんかコメントしてよ」

しばらく海のほうを見ていた頼人が、横で寝転がっている土屋を足先でつついた。

「なんかって言われてもなあ…社長がいい男なことは認めるし、上司としちゃほんと満点な人ではあるけど」

恋愛する相手としては、かなり最低の部類に入るのでは、と思う。

「わかってるよ」

土屋の顔つきを見て、頼人は頬を膨らませた。

「いいんだ、祐一郎さんが遊び人なことは知ってるから」

「遊び人、っていうのともちょっと違うだろ。経営者って腹の中見せない人種だから、俺もよくは知らんけど」

「秘書なのに？」

「俺は秘書っていうよか雑用係」

「あとメンタルコーチ」

「なんだそれ」

「祐一郎さんが言ってたよ。土屋君みたいな人がそばにいてくれるのは大きいって。多少のことはスルーして、鈍感なくらいものに動じない人がいると、自然にメンタルが強くなる」

「…それ褒め言葉か…？」

「超褒め言葉だよ」

頼人も土屋の横にごろりと転がった。

「俺も、つっちーといるとすごい気分いいから、祐一郎さんの気持ちわかる」

「それは褒め言葉だな？」

「これが褒め言葉じゃなかったらなんなんだよ」

松林のほうからいい風が来て、火照(ほて)った肌を心地よく撫でる。

「つっちーの細かいこと気にしないとこ、ほんと好き」

確かにたいていのことは受け流すほうではあるが、それでも気になることくらいはある。

頭のうしろで腕を組み、土屋はちらりと横を見た。頼人は目を閉じてふああ、とあくびをしている。

「頼人…、」

「ん？」

友人としてできることは限られている。

「そろそろ昼メシ行こうぜ。そんで、今日は俺が奢ろう」

「え、なんで？」

頼人がびっくりしたように目を開いた。

「車借りてきてくれただろ」

「レンタカー代は割り勘したじゃん」

「いーんだよ」

行こう、と頼人の頭を叩いて立ち上がり、八方美人めが、と土屋は心の中で上司を非難した。

俺の友達、泣かせんなよ、おっさん…。

腹減ったー、と屈託なく笑っている頼人の横顔に、土屋はこっそりため息をついた。


来年はいろいろ忙しくなると思うから、そのつもりでいて、と祐一郎に言われたのは、頼人と海に遊びに行った翌週のことだった。

「それは、もしかすると…」

「たぶん、来年六月あたりね。まだもうちょっとアレなんだけど」

あいまいにあいまいを重ねた言い回しだが、婚約の準備が整いつつあるということだ。

土屋は社長室のキャビネットの下段を開けようとかがんでいた。そのままの体勢で、そろりとデスクの上司を見やる。祐一郎はタブレット端末を片手に内線をかけていた。

「法務部の関屋君いる？　ちょっとこの契約書の文言について聞きたいんだけど」

電話している上司の顔に、「大好きなんだ」とかみしめるように言っていた頼人の顔が重なる。

「社長、さっきおっしゃったのは、ご結婚が決まったということですよね？」

「ん？」

内線を切ったのを見計らって確認すると、祐一郎が土屋のほうを向いた。

「まだ正式に決まったわけじゃないよ」

「でも忙しくなるから心の準備をしておけと言っておかなくてはならない程度には、決まったわけですね」

「どうしたの、急に」

つい声に険が出て、祐一郎が驚いたように目を丸くした。

「いえ、…すみません。私は冠婚葬祭に疎いもので、つい」

「もろもろ総務部が仕切ってくれるから、土屋君はそれに従ってくれれば大丈夫だよ」

祐一郎は恬淡としている。

「社長がご結婚されると知ったら、悲しむかたも多いでしょうね」

祐一郎は一瞬真顔になり、それから苦笑いを浮かべた。

「でもまあ、結婚は僕一人の問題じゃないからね。身辺はきれいにしておくよ」

ふだんはへらへらしているが、大事なことは取りこぼさない人だ。ただ、きれいにしておく「身辺」に、従兄弟が入っているのかどうか、土屋はそれが気がかりでならなかった。

頼人が祐一郎に会えるのは、親戚がらみで集まったときやイベントに招待したときくらいで、頼人の気持ちを受け入れてくれてはいるものの、祐一郎の態度はそれ以上でも以下でもなく、土屋が目撃したようなことも過去に数回あっただけだと聞いていた。

祐一郎の中で、その程度の関係が「きれいにしておく」べきことに入っているのかどうか、微妙なところだと思う。そして頼人がこのことをもう知っているのか、それが気になってしかたなかった。

「土屋君？　どうかした？」

無言で立ち尽くしている土屋に気づいて、祐一郎が不思議そうに声をかけてきた。

「いえ、…なんでもありません」

もしもまだ頼人が知らないのであれば、祐一郎の口からちゃんと話してやってほしい。不意打ちに他人から聞かされるより、そのほうがずっといいはずだ。親戚なのだから遅かれ早かれ頼人の耳には入る。そのとき、少しでも傷が浅くすむようにと祈らずにいられなかった。

悶々(もんもん)としながら昼休みに近くの喫茶店で定食を食べていると、カウンターの上のテレビに思いがけず頼人が出てきた。金髪碧眼の小柳頼人は、袴(はかま)姿でゆるキャラと一緒になにやらレポーターのようなことをしている。

屈託なく笑っているのを見て、プライベートの褐色(かっしょく)の瞳を思い出し、あの瞳が涙で濡れるところは見たくないな、とまた気が重くなった。

車の中の白い腕や、祐一郎さんに迷惑をかけるくらいなら死んだほうがましなんです、と言い切った頼人を久しぶりに思い出した。

「……」

急に食べていたフライがまずく感じて、土屋は箸を置いた。なんだか妙にいらいらする。テレビで頼人がゆるキャラと一緒に「また来週！」と手を振っている。

寂しいときにちょっと優しくされたくらいで好きになってんじゃねーよ、と土屋は心の中で初めて頼人に毒づいた。

それにしつこいんだよ。中学からずっととか、どんだけだよ。

片思いで満足してるって、そんなの嘘だろ。たまに会えてキスしてくれるだけでいいとか、ありえないだろ。

そもそも気持ちを知ってて、応える気もないのにキスするような男、なんでそんなに好きなんだ。

頼人なら、もっといい男がいるだろうに。

もやもやもやもやして、土屋は昼定食を残して店を出た。

「ん」

スーツのポケットでスマホが振動し、見ると頼人からメッセージが来ていた。

〈つっちー、明後日だめになった、ごめん。また連絡するね〉

飲みに行こうと約束していたが、今回に限らず、頼人の都合でキャンセルになるのはしょっちゅうだ。すぐに代替案を出してくるし、スケジュール通りにいかない仕事をしているのは承知しているので、いつもはなんとも思わない。

頼人のアカウントは事務所の公式プロフィールの写真がアイコンになっている。

「……」

土屋は数秒その写真を見つめ、返信をしようとして、結局しないままアプリを閉じた。

報われない想いを抱えている頼人が可哀想で、でもどうしてやることもできなくて、いらいらする。

土屋は乱暴にスマホをポケットに突っ込んで歩き出した。

6

「明兄(あきにい)、なにしてんの～？」

土曜の朝、土屋(つちや)が自室のベッドでごろごろしていると妹の有紗(ありさ)ががちゃっとドアを開けて入って来た。顔はまあまあ可愛いが、どうにもがさつで、天下のＪＫのくせに俺の妹はさっぱり色気がねえなあ、と土屋は常々思っている。

「見りゃわかるだろ、なんもしてねえ」

「ほんじゃ可愛い妹とお出かけしない？　プリンパ食べたい！」

家にいても暇なので、たまにはいいか、と土屋は色気には欠けるが仲のいい妹につき合うことにした。

「久しぶりだねー、明兄とでかけるの」

プリンパってなんだと思っていたら巨大なプリンの乗ったパフェで、土屋は女子であふれかえるフルーツパーラーで妹と向き合うことになった。彼女と来ている男もいるにはいるが、圧倒的にファンシーな店内はあまり居心地がいいとはいえない。

「頼人のイベント以来だよね」

「そういや、そうか」

あれは七月の半ばだったから、頼人と仲良くなってから、まだ三ヵ月かそこらしか経っていないということになる。もっと長い気がしていた。

「ねー、明兄さ、彼女できたっしょ」

「は？」

それほんとにぜんぶひとりで食うのか、と有紗がタワーのようなパフェに取り組むのをアイスコーヒーを飲みながら見ていると、有紗が突然したり顔で言った。

「なんでだよ？」

「だって、このところよく出かけるし、そこはかとなくウキウキしてるし、しょっちゅうスマホ触ってるし、わかりやすすぎ！」

「ばっか、違うわ」

あまりに確信を持った言いかたに呆れて、土屋は鼻で笑った。

「違うの？　なーんだ。明兄、毎日ご機嫌だよね、彼女でもできたのかなってかーさんも嬉しそうだったのに」

「勝手に予想して勝手にがっかりしてんじゃねえよ」

妹と言い合いながら、土屋はここしばらくいかに自分が頼人と会うのを楽しみにしていたのか、思い返していた。

頼人と約束すると気持ちに張りがでて、一緒にいるとすかっと楽しくて、別れるときはいつも名残(なごりお)惜しい。

こんなに気が合う、好きな友達は、土屋には初めてだった。

それなのに、今は頼人のことを考えると胸がふさぐ。

祐一郎(ゆういちろう)の縁談で傷つくところは見たくないし、そもそもなんであんなに望みのない相手にしがみついてるんだ、とそこに腹が立つのだ。

頼人は海で遊んだのがよほど楽しかったらしく、今週も土曜は早朝ロケのあと暇だよ、と張り切って連絡してきたが、土屋はちょっといろいろ立て込んでて、と断った。

頼人のがっかりしている様子に罪悪感が湧いたが、気持ちがざわつくのをどうすることもできないでいる。

「そういえば明兄の会社って頼人のイベントとなんか関係あんだっけ。頼人が芸能界引退するって噂、知ってる？」

「は？」

ぼんやり頼人のことを考えていたので、急に頼人の話題を持ち出されて戸惑った。

「ほら、頼人って本業は書家じゃん。もっと書道の魅力を知ってほしいってタレント活動してるけど、もう自分の役割は果たしたとかって辞めるみたいなこと言ってるらしいんだよ。本当かなあ」

「……そんなこと、俺に訊かれてもな」

確かにときどきそんなことは言っていた。タレント活動をするようになったのもスカウトされてのことで、やるからには、と全力投球してきたが、肝心の書家としての仕事がおろそかになっている気がする、と本末転倒を悩んでいるふうだった。

「そういえば明兄、書道習ってたのどうなった？　まだ行ってんの？」

「いや、あれは六回の講座で、もう終わった」

短い期間だったが、少し触れてみて、土屋の書に対する認識はだいぶ変わった。地味な習い事という印象しかなかったが、上級者が畳の上できちんと正座し、真剣なまなざしで筆を動かしているのを目にすると、やはりいいものだな、と惹きつけられたし、稽古場に飾られている作品は素人が見ても素晴らしいなと感心した。

でも考えてみると、頼人が書に向かっているのも、その作品も見たことがなかった。

「おまえ、小柳頼人の書って見たことある？　ショーじゃないぞ、書。作品展とか」

「ないよ」

「ないんか」

「だってあんなの読めないもん。絵だったらまだしもさあ」

「まあ、そりゃそうか」

それでも有紗は公式サイトにアップされている頼人の代表的な作品はちゃんと画像保存していた。スマホで見せてもらうと、見覚えのあるドラマの題字や、装丁された立派な作品などが並んでいる。大書揮毫という動画コンテンツはパフォーマンス書道のイベントの記録で、有紗は「やっぱかっこいいなあ〜」とうっとり眺めていた。

「おっと、とけちゃう」

有紗があわててパフェの攻略に取り組み始め、手持ち無沙汰になって、土屋は自分のスマホを手に取った。

「ん」

頼人からメッセージが来ていた。

〈つっちー、なにしてんの？　今日仕事だっけ？　おれ暇だよー〉

〈仕事終わったら返事してよ〜〉

〈せっかくつっちーと遊べると思ったのに、ひま〜〉

屈託のない連続メッセージにひとつひとつ表情の違う自分の顔スタンプを添えている。思わず笑った。

頼人は連絡マメで、しょっちゅう他愛のないメッセージを送って来る。土屋も気楽につき合っていたが、祐一郎のことが引っかかって、この数日は「ちょっと忙しい」と言い訳をして、あまり返信しないでいた。でも頼人のほうはまったく気にせず、せっせせっせと送って来る。

頼人からの最後のメッセージは〈忙しいのにごめんな、また連絡する〉で、泣き顔のスタンプがついている。それを目にして、頼人が本当に泣きそうになっているような気がした。

〈いま外にいるけど、メシでも食いに行くか?〉

送った瞬間既読になって、「行く行く！　嬉しい」と返ってきた。

なんの躊躇もなく好意を丸出しにされ、土屋も今すぐ会いたい、と急に気持ちが逸った。

「有紗、俺ちょっと友達とメシ食いに行くわ」

「えっ、今から?」

パフェの土台部分にとりかかっていた有紗がびっくりしたように顔を上げた。

「近くにいるらしいから。ごめんな」

今どこ?　と頼人に訊かれてパーラーの入っているステーションビルを教えると、二十分くらいで行けるからそこで待ってて、と返ってきた。

有紗が巨大パフェを制覇して店を出るとちょうどいい時間になっていて、一階の案内所のところにいる、と送ると〈今ついた、待っててつっちー〉とハートを乱舞させたメッセージが来た。

「明兄」

「うん?」

一階は駅の方向と繁華街に向かう方向と二か所に出入り口がある。有紗とはそこで別れるつもりで、頼人がどちらから来てもすぐわかるようにインフォメーションの前に行こうとしていて、急に有紗に腕を引かれた。

「ねえ、あの人、頼人に似てない?」

声が興奮していて、見ると駅側の出入り口から、もう頼人が早足で入って来るところだった。カラーコンタクトを外し、髪をキャップに入れたいつもの格好だが、美形だけに人目を引く。

「ね、似てるよねっ?」

一瞬どうしようかと迷ったが、きょろきょろしていた頼人がこっちに気づいてぱっと笑顔になった。

「えっ?　なに、こっち来るよー!」

まさか本物の小柳頼人とは知らず、有紗は「ひょー、マジで似てるし!」と興奮して土屋の腕にしがみついた。

「有紗、あのな」

「――つっちー」

「え」

近づきかけていた頼人が、はっとしたように足を止めた。

「えっ、誰？　知り合い？」

有紗がびっくりしたように頼人と土屋を見くらべた。

「ご、ごめん。デート中だったんだ？」

頼人がうろたえたように言った。有紗は自分が土屋と腕を組んでいることに気づいて、慌てて土屋の腕を離した。

「やっ、違います！　あたし、妹です。土屋有紗です」

「いもうと？」

頼人が目を見開いた。

「すみません。あの、ちょっとびっくりしてつい兄にくっついちゃっただけで」

有紗のミーハーな性格を考えるとごまかしたかったが、うまく言いくるめる自信もない。土屋はどうしたものかと頼人を見やった。

「なんだ、妹さんかぁ！」

頼人のほうはなんの躊躇(ちゅうちょ)も見せず、安堵のため息をつき、次に晴れ晴れとした笑顔になった。

「びっくりしたー、つっちー彼女いないって言ってたのに嘘ついてたのかってびびったじゃん。よかったあ、妹さんで！　そういや妹いるって言ってたもんな。って、あ、俺サイン色紙書いたことあったよね？」

いつものテンションで、後半は有紗に向かって話しかけた。有紗がぽかんと口を開けた。

「…明兄、この人…え…、うそ…、ほ、本物？」

「小柳頼人です。よろしくね？」

上機嫌で明かしてしまった頼人に、土屋もしかたなく腹をくくった。

「仕事先で知り合ったんだ。おまえ、人に言うなよ？」

「ま、まじで」

有紗がふらりとして土屋にもたれる。

「おい、しっかりしろよ」

「だ、だって」

「とりあえず、行こう」

金髪碧眼(へきがん)に袴(はかま)の印象が強いので、カラコンを外し、髪を隠しているとそうすぐには小柳頼人とはバレないが、あまり人目の多いところに長くいるのは避けていた。有紗を促(うなが)して歩きだすと、頼人は後ろから何度も「彼女かと思った」「びっくりした」「妹さんかあ」と繰り返していた。

「有紗ちゃん、せっかくお兄ちゃんと一緒だったのに、ごめんね」

「いえっ、ぜんぜんっ」

茹(ゆだ)ったようになっている有紗は、親しげに「有紗ちゃん」などと呼ばれて、ろくに返事もできないでいたが、地下鉄の入り口まで送って行くと、別れ際に「握手してくださいっ」と頼人の手を両手で握って感激していた。

「いいか、絶対に誰にも言うなよ？」

「わかった」

でも帰ったらいろいろ訊いちゃうからね、というきらきらした目でうなずき、有紗は少し離れたところで待っている頼人にぺこりと頭を下げて地下に下りて行った。帰ったらもう一回口止めしとこう、なんならもので釣(つ)るか…と考えつつ土屋はやれやれと妹を見送った。

「つっちーの妹、かわいいね」

頼人が上機嫌で近寄ってきて、「妹」を力強く強調した。

「ほんと、びっくりした。彼女かと思った」

「何回同じこと言ってんだ。彼女がいなくてすみませんねえ」

「なんでよ。いないもん同士で仲良くしてるんだからいーじゃんか」

頼人がほがらかに言って、土屋はちらりと隣の頼人を窺った。

まだ祐一郎に縁談があるのを知らないいんだろうな…と考えると、楽しげな横顔に胸が痛む。

「そうだ、つっちーに見せたいものあるんだ」

まだあんまり腹減ってないから軽いものでも食うか、と相談していて、頼人がふいにいいこと思いついた、と目を輝かせた。

電車を一回乗り換えて、頼人に連れて行かれたのは、ずいぶん古い雑居ビルだった。外壁のところどころが落剝(らくはく)していて、エレベーターはがっこんがっこん音を立てる。

「なにがあるんだよ?」

「いいからいいから」

途中で止まるんじゃないかと危ぶみたくなるような不穏な音を立てながら、それでもエレベーターは無事八階についた。

「えっと、鍵…」

エレベーターを挟んで向かい合わせにドアが二つあり、片方には「リリー企画」というプレートが貼られていた。もう片方にはなんの表札もでていない。頼人はその錆(さび)の浮いたスチールドアを開け、「どうぞ」と土屋を中に入れた。

「なに、ここ」

「俺の巣」

「巣?」

空気が淀(よど)んでいて、埃(ほこり)っぽい。ビルの入り口にあったメールボックスには事務所らしい名前が並んでいたが、もともとは居住用のマンションだったようで、玄関にはつくりつけの靴箱があり、上がり框にスリッパが並べられていた。

「ちょっと待ってな、三ヵ月くらい来てなかったから空気入れ替える」

不動産屋ふうに言えば、1LDKということになるのだろう。玄関を入ってすぐのドアをあけるとフローリングを模した安っぽいクッションフロアが敷き詰められたLDKで、その隣に六畳の和室がついていた。

頼人がLDKのベランダサッシを開けると、爽やかな風が入ってきた。もう秋だ。

「高校卒業したあと、二年くらい、ここに住んでたんだ」

「へえ…」

和室には立派な座卓が置いてあり、書の道具や新聞のように束ねられた紙があったが、それ以外はからっぽで、かろうじてカーテンとエアコンだけが残っていた。

「こっちおいでよ」

頼人が和室の座卓の前に座ったので、土屋も近くに腰を下ろした。

「俺のじーちゃん、パフォーマンス書道とか大嫌いでさ、そういうのがやりたいなら独り立ちしろって言われて、勢いでここ借りたんだ。今考えたらちょっとでかい賞とかもらって、俺、いい気になってたんだよな。いろいろあって、ばーちゃんがうまいこと話してくれて今は和解できてるんだけど、でも一人で厳しいとこ乗り切ったって思いはあって、だからここは大事な場所なの」

　頼人は満足そうに和室をぐるっと眺めまわした。

「タレントの仕事始めるんじゃなかったら、まだここに住んでたかもな。古いけど、ほんとここ、好きなんだ」

　家具はほとんどないが、書の道具は揃っており、きちんと整えられた座卓に、頼人がこの部屋に愛着を持っているのは一目でわかった。

「そういえば、今はどこに住んでるんだ？」

「事務所が借りてくれてるマンション。所属タレントは最初はそこに住むのが条件なんだよね。もう自分で部屋借りてもいいんだけど、いろいろ面倒くさいからずっとそこに住んでる。つっちーは？　ずっと実家？」

「そう。一人暮らしする金があったら返済って感じだったから、俺は」

「あー、そっか」

「もうその必要はなくなったけど、別に家を出る理由もないしな」

　座卓の上には漢詩のようなものがぎっしり書かれた横長の料紙(りょうし)や、空白と曲線で構成された短冊(たんざく)のようなものなどが積み重ねられていた。土屋は見るともなしにそれらを眺め、頼人が書家だということを改めて認識した。

「そういえば、さっき有紗に、頼人の公式サイトの作品見せてもらった」

「ああ、日本酒のラベルとか小説の題字とかのやつ？」

「あと、海外出展の作品とか。アメリカでもパフォーマンス書道ってやってんだな。動画アップしてたろ」

「そうそう、あれはボストンのアートフェスティバルに呼ばれたんだよ。母さんがボストンで彼氏と暮らしてるから、ちょうどいいやって行って、母さんすごい喜んでくれた」

「お母さんが？」

幼い頼人を置いて行ったと聞いていたので、土屋は勝手に頼人は母親とは没交渉（ぼっこうしょう）なのだと思い込んでいた。

「情熱家だから身勝手なとこはあるけど、しょっちゅうメールよこすし、プレゼントとかも送ってくるし、別に仲悪くはないんだよ」

土屋の意外そうな顔を見て、頼人はくすりと笑った。

「向こうでアテンドの仕事してて、俺が行ったときは毎回貯金はたいてすごい接待してくれるしね。子どものころはいろいろ悪いほうに考えて暗くなってたけど、今は母さんなりに迷って悩んで決断したんだなって理解してる。あんな自由な女、日本で生きるのちょっと無理だよなってのもわかるしね。それに自分が好き勝手生きてるぶん、俺のやることも全肯定（こうてい）で応援してくれるから、そこはほんと感謝してる。じーちゃんもばーちゃんも、俺の母さんについてはもう諦めてるって感じだよ。子どものころから、俺の母さんは何やらかすかわからないバカで、祐一郎さんのお母さんは落ち着いた才女だったんだって。…祐一郎さんも俺も、母親似だってよく言われるんだよ」

祐一郎の名前を口にするとき、頼人はいつもほんのりと幸せそうに見えた。

「伯母さんと俺のかーさんも、性格ぜんぜん違うけど、今でも仲いいんだよね」

土屋は頼人から目を逸らして途中で買って来たペットボトルの緑茶を一口飲んだ。

「これ、何て書いてるんだ？」

話を変えたくて、土屋は座卓の上に広げてあった作品の中から短冊を手に取って訊いた。

「それは王羲之の臨書」

「りんしょ？」

「古典を模写して勉強すんだよ。王羲之って聞いたことない？」

「有名な人？」

「超有名。書聖。書道界のビートルズ」

「へえ」

「まあ、真蹟は残ってなくて、あるのは弟子の臨本なんだけどさ」

頼人は短冊をつくづくと眺めた。

「俺、本当に書の世界が好きなんだー。自分の作品追求するのも好きだけど、臨書も好き。王義之とかさ、しょせん教育書道って言う人も多いし、俺も前はそう思ってたけど、王義之って詩人なんだよな。それがわかった瞬間があって、それから見方が変わったんだよ。…って、つっちーにこんなん語っても退屈か」

「退屈じゃないから語ってくれ」

祐一郎さんの話、でないならいくらでも聞く。

「そう？　俺、話しだしたらすんごい長いけど、いい？」

「語れ語れ」

ほんじゃ遠慮なく、と頼人はひとしきり王義之に関するロマンを語り、土屋はその生き生きとしたしゃべりを楽しんだ。好きなことがあるのはいいな、と頼人を見ていて、最近よく思うようになった。

「でさ、俺、この前も話したけど、そろそろパフォーマンス書道は止めようかなって思ってるんだ」

好きなだけしゃべって喉が渇いたらしく、頼人は土屋のペットボトルを勝手に取って飲んだ。

「じーちゃんがパフォーマンス書道嫌うのも一理あってさ、本物の大書揮毫はいいんだけど、イベントとかテレビでなんでも書きまーす、アイドルとコラボしまーすっていうのは、やっぱ俺の中でも違うんだよな。書道って地味じゃん？　展覧会なんか一般の人ぜんぜん来ないし、だからちょっとでも俺が目立って書道に興味持ってくれる人いたらいいなっていろいろやってきたんだけど、結局俺に興味あっても書道展に行こうとか、自分が書道やってみようとかにはなんないんだなっての思い知ったというか。そもそもの目的は自分の書道スタジオ持ちたいって夢のためだったし、それはもう達成できたからね。今の芸能事務所とは年末で契約切れるから、そこで終わろうかなって思って、もうマネージャーさんとも話はしてるんだ」

「有紗が心配してたの、本当だったのか」

ちょっと驚いて言うと、頼人は申し訳なさそうにうなずいた。

「ファンの子には悪いんだけど、俺、最初からずっとタレントやるつもりもなかったからさ。書道の普及活動はこの辺で見切りつけて、自分の書作に時間使いたいんだよね」

そりゃそうだろうな、と土屋はもう一度座卓の上の作品を眺めた。

何が書いてあるかは読めないが、流れる筆のリズムや墨の濃淡の美しさはわかる。頼人が書道に打ち込み、情熱を傾けているのを見るたび、俺にはこんなふうに情熱を傾けられるものはないな、と土屋は頼人をまぶしく感じる。

「これは、和歌？」

「そ。恋の歌なんだよ、つっちー」

頼人が急にふふふ、と含み笑いをした。

「漢詩はあんまり恋愛のテーマないんだけど、和歌は恋ばっか。平安貴族、それしか考えてないんかいって感じ」

頼人は土屋が見ていた料紙を手に取って眺めた。

「これは百人一首。あしびきの山鳥の尾のしだり尾の…って、知ってるだろ？　柿本人麻呂」

「なんだっけ。聞いたことはある」

「あしびきの、山鳥の尾のしだり尾の、長々しき夜をひとりかもねむ。あなたを想って長い夜を一人寝で過ごしています、ってやつ」

——あなたを想って、一人で。

ふと頼人のまなざしが甘くなった気がした。カラーコンタクトをしていない頼人の瞳は中央に行くほど淡い色になって、光の加減では金色の環ができる。

土屋は人の容姿にはあまり興味がないが、頼人の瞳はときどき綺麗だな、と思うようになっていた。密集した睫毛の下で金色の環がきらきら光っている。

「この歌がなんか好きで、なんでもいいって頼まれたときはよくこれ書くんだ」

——あなたを想って、ひとりで。

——祐一郎さんに片思いしてるのも俺のほうなんです。

暗がりにほの白く浮かんでいた、なめらかな腕。好きな男の背中を抱いて、あのとき頼人はどんな顔をしていたんだろう。

「俺も習おうかな、書道」

頼人が何か言う前に、土屋は強引に話を変えた。

ビジネス書道の講座はもう終わったが、講座の中の小筆の楷書は楽しかった。

「えっ、ほんと？　ほんじゃ俺が教えてあげようか」

頼人が声を弾(はず)ませた。

「お、小柳先生じきじきに指導してもらえんの？」

「いいよ～、ちゃんと運筆(うんぴつ)から教える」

ちょっとやってみる？　と頼人はいそいそと小箱から筆や硯(すずり)を出してきた。

「まずは墨(すみ)を磨(す)るとこからね」

流線型の硯に水を入れ、頼人はゆっくり味わうように墨を磨り始めた。その動きには無駄がなく、職人のように所作(しょさ)がきれいだ。作品を頼まれると膨大(ぼうだい)な習作を書くので、墨を磨るだけで軽く一キロは痩(や)せる、と以前話していたことを思い出した。墨の濃さからがもう作品で、磨る機械を使う書家もいるが、頼人はいちいち自分で磨るという。

こんな集中力で磨るのなら、一キロ痩せるというのにも納得できる。

「じゃあ、えーと、土屋って書いてみよっか」

頼人がまず手本を書くことになった。

考えてみれば、頼人がちゃんと筆をとっている姿を見るのはこれが初めてだ。毛氈(もうせん)の上に半紙を乗せて文鎮(ぶんちん)で止める。そんななにげない動作からもう頼人の周りの空気がふっと変わるのがわかった。

これは確かに芸能だな、と土屋は頼人が筆を使うさまを見て舌を巻いた。

楷書で「土屋」と書いているだけなのに、姿勢も、手の動きも、筆のあしらいも、すべてが美しい。

凛とした楷書の気品にも圧倒された。

「はい、どうぞ」

頼人が土屋に場所を譲った。

ビジネス書道のときは椅子だったのでよかったが、正座するのも一苦労だ。頼人の手本を横に置いて、毛氈の上に新しい半紙を置いて文鎮で押さえ、さて、と姿勢を正す。

「ちょっと待って。筆の持ち方はこうね。……いい？　いくよ」

頼人が土屋の背後に回り、筆を持ち添えた。触れた手に、どきんとした。

「ゆっくり穂先を置いて、右にこう…、腕を使って、脇を開くイメージで」

頼人の声が耳元でする。

「力を抜くとき、穂先がよじれないように気をつけて」

こんな声も出せるのか、とその先生モードの柔らかな声に耳を澄ませる。

「……はい、いいよ」

一画が終わって筆先を紙から離したとたん、筆に集中していた意識が重ねられた頼人の手に移った。

「次ね。いい？」

頼人が持ち添えている手、耳の横の顔、すぐ後ろで重なるようにしている頼人の身体。一度意識してしまうと、妙に生々しく、土屋は柄にもなく緊張した。

「……で、留め。もう一回……」

土屋の「屋」にとりかかるところで、ふっと頼人の声が弱くなった。重ねていた手が固くなった気もする。

緊張が伝わってしまっているのかと焦ったが、自分でもなぜ動揺しているのかわからない。土屋はひたすら筆先を睨んだ。心臓がどくどくうるさい。急に暑くなった気がして、じわっと背中に汗をかいた。なんだこれ……。

後ろの頼人が、「次行くね」と気を取り直したように添えていた手に力を入れた。筆に集中しようとして、かえって頼人の声が耳元ですることに動揺してしまう。

「で、最後に引いて…、はい、終わり」

最後の一画を書き終わり、頼人が手を離した。土屋はほっとした。心なしか頼人も落ち着かない様子で、妙にそそくさと土屋の前に戻った。

「えっと、なんか腹減ってきたな?」

土屋が言うと、頼人も「うん、腹減った」とかぶせ気味に答えた。

「なんか食いに行こう」

今まで二人きりでいて、気づまりとか緊張とかまったくなかったのに、突然いたたまれない

気分になって、そのくせ、頼人とまだまだ一緒にいたい、とも思っている。

部屋を出ると、やっと少し落ち着いた。

「頼人…」

鍵をかけている頼人の腕を見て、ほの暗い車内で、男の背に縋っていた白い腕を思い出した。

どうしてか、あのときに見た頼人の腕が忘れられない。

「ん？」

「――いや。何食うかな」

おまえの好きな人は、結婚するぞ。

心の中で話しかけると、胸の奥のほうが重苦しくなった。

せめて祐一郎が自分の口で、誠実に話をしてやってくればいいが、と思う。

こんなに好きな友達が、悲しむ顔は見たくない。頼人が泣くところは見たくない。

その涙をとめてやる力が、自分にはないから。

7

祐一郎の結婚は、婚約をすっとばして、唐突に決まった。

その日の午後、取引銀行の担当者が応接室から出てくるのを見て、土屋は祐一郎とともにエレベーターホールまで見送りに出た。

「このあとは特になにもなかったよね」

エレベーターの扉が閉まると、祐一郎が土屋のほうを向いた。

「はい。事業計画書に問題がないようでしたら橋口さんに資料を回しておきますが」

「うん、頼むよ。——あのさ」

祐一郎が行こうとした土屋を引き留めた。

「例の、来年の六月以降忙しくなるかもしれないよって、あの件だけど」

「はい」

どきっとして背筋を伸ばすと、祐一郎はすっと視線を逸らせ、ちょっといいかな、と今出てきたばかりの応接室に土屋を招き入れた。

「いろいろ事情が変わって、彼女とはできるだけ早く結婚することになったんだ」

コーヒーカップや灰皿の乗ったままのソファセットに腰を下ろして、祐一郎がやや気まずそうに言った。土屋は祐一郎の前の席に座ろうとしていたのを忘れて棒立ちになった。

「どういうことですか?」

立ったまま、とりあえず一度呼吸を整えてから訊いた。

「そりゃ驚くよね、ごめんごめん」

「今年中に婚約して、披露宴は来年六月以降をめどにっておっしゃっていましたよね?」

「実は、彼女が妊娠して」

「待ってください」

思わず途中で遮ってしまった。いきなりの展開に頭がついていかない。

「その、お相手は」

婚約発表もしていないうちに妊娠した、と聞いて、もしやまったく別の女性かと疑ったが、ちゃんと縁談の相手だった。

「土屋君だから打ち明けるんだけど、その、彼女はもともとこの縁談に乗り気じゃなかったんだ。家の犠牲になるのはごめんだって考えてて、でも二人で何回か会ううちに意気投合してね。僕となら結婚してもいいと言ってくれて、――で、こういうことって、反動で盛り上がるってあるじゃない。それで、まあそういうことになって……」

「率直に言ってしまいますが、なぜ避妊なさらなかったのか、非常に疑問です」

「うん」

祐一郎が真顔になった。うんじゃねーだろ、と言いそうになって、土屋はぐっとこらえた。

祐一郎は反省しているような、そうでもないような表情で、気まずそうに前髪をかきあげた。

「いやもう、ほんとその通りだと思うよ。でもまあ彼女のほうは、こうなってしまったらしょうがないし、なにもかも周りの思い通りになるのは癪だったからちょうどいいわとかって面白がっててね、本当に…」

「そのへんのお話は飛ばしてください。それで、社長はそのかたと結婚なさるんですね？」

どうしても声が冷たくなる。祐一郎は鼻白んだ様子でうなずいた。

うちうちに押さえておいた老舗ホテルと総務部が作成を始めた招待客リストが脳裏をよぎる。そして、なによりも頼人の顔が目の前をちらついた。

土屋の顔つきを見て、祐一郎が肩をすくめた。

「総務の桂木君にはこのあと時間をもらってる。すぐ準備を始めてもらうけど、彼女も僕も盛大な披露宴はむしろ避けたいと考えてるから…、」

「ご事情は了解しました。とりあえず私は桂木さんからの指示を待てばいいんですね？」

長々説明を聞く気になれず、土屋は端的にまとめて遮った。

「まあ、そういうこと。ごめんね、突然」

「私は社長のサポートをするのが仕事ですから」

祐一郎には、頼人と親しくしていることは話していない。イベントで目撃したことを黙っていてほしいと頼まれたことがきっかけで友人づき合いを始めたからだ。

書道教室に通っているうちに交流するようになったとでも言って、「頼人にちゃんと話してやってください」と話すことは可能だが、どう考えてもそれはよけいなおせっかいだ。そんなことは頼人も望まないだろう。

祐一郎さんはゲイじゃないんです、俺が片想いしてるのを受け入れてくれてるだけなんです、と必死でかばおうとしていた頼人を思い出すと、祐一郎には何も言えなかった。

「披露宴の準備期間は短くなってしまうけど、できる範囲でいいと僕も彼女も思ってるんだ。伊東家と本間家の結婚ではあるけど、麻友と僕の結婚だから」

「社長…、楽しそうですね」

ふだんからよく話す人ではあるが、今日はあきらかにそれとは違う饒舌さだ。

「そう思う？」

「思います」

そうか、と祐一郎はちょっと真顔になって、すぐはは、と声をたてて笑った。

「面白かったんだよ。麻友さんはすでに妊娠していますって報告したときの顔が」

「どなたのお顔ですか」

「全員の」

迷惑をかけておいて何を言ってるんだ、と思う一方で、思い通りには生きられない者同士のせめてもの一矢が、まったく理解できないわけでもなかった。

「あまりいい趣味じゃないですね」

それでも頼人のことを思うと、そう言わずにはいられなかった。

憮然としている土屋に、祐一郎はソファから立ち上がると、機嫌をとるようにぽんと肩を叩いた。

「それじゃ、これから諸処大変だと思うけど、頼むね」

祐一郎が行ってしまっても、土屋はしばらくそこに突っ立っていた。

頼人とは、以前住んでいたというマンションを見せてもらってから会っていなかった。仕事が忙しいようで、でも毎日なにかしらメッセージのやりとりはしている。

迷いに迷って、土屋は頼人に〈近いうち、メシでも行かないか〉とメッセージを送った。

ずっと祐一郎の縁談を知っていて頼人に黙っていることが心苦しかった。自分の立場で勝手に話すわけにはいかないし、たぶん頼人もそんなことは望まないはずだ。でも。

会ってどうする、でしゃばるつもりか、と思う一方で、黙っていられない気もして、土屋は柄にもなくぐるぐる悩んだ。結局、結論がでないでいるうちに終業時間になり、頼人から返信がきた。

〈メシ行きたい！　今日っていきなりすぎる？　雑誌の撮影がすげー早く終わっちゃって、これからスタジオ戻るけど、どっかでメシ食おうかなって考えてたとこ〉

土屋はスマホの画面を凝視して、しばらく考えた。

明日以降は総務部は戦争状態だ。たぶん、土屋も最前線に送り込まれる。頼人とゆっくり会って話すのなら、このタイミングしかない。

とりあえず、会おう。

話すかどうかはそのとき決めよう。

土屋は〈了解、会社出たらまた連絡する〉と送り、スマホをポケットに突っ込んだ。

つっちー、と頼人が嬉しそうに手を振った。

駅前にある二十四時間営業のカフェだ。

「ごめんな、遅くなって」

十時を少し回っていて、カフェは閑散としていた。

あのあとすぐに出るつもりが急用が重なり、土屋は何度も「あと二十分くらいかかりそう」「ごめん、今日中に処理しないといけない書類が回ってきた」「ほんと悪い、あと一件だけ確認しないといけない案件できた」と連絡をする羽目になった。そのたび頼人は「ぜんぜんいいよ、待ってるから」と返信してきて、結局この時間になってしまった。他の人なら待たれるのも負担なので「今日は無理そうだ」と延期にしたはずだが、土屋もどうしても頼人に会いたかった。

「お疲れ」

頼人は満面の笑顔で、ちょっと待っててね、とトレイを返却口に持って行った。土屋はカフェの入り口で頼人が出て来るのを待ちながら、まだ悩んでいた。

「なんか食ったか？」

カフェは軽食も提供しているので、長い待ち時間の間に何か食べただろうと思って訊くと、頼人は「つっちーとごはん行くのに、食べないよ。我慢してた」とちょっと怒ったように言った。

「あっ、もしかしてつっちーは出前とったとか⁉」

「食ってねーよ」

「本当に？」

「本当だって。腹減った」

並んで歩きながら、すっかり隣に頼人がいるのが自然になっているのを感じた。

車道をヘッドライトが流れて、頼人の頬を照らしている。頼人は今日もキャップをかぶっていて、裸眼だ。

ハーフなので当たり前と言えば当たり前だが、頼人の肌は白い。

特に二の腕の内側は薄く静脈が浮いて見え、なんどか偶然目にして、そのたびに土屋は妙にどぎまぎした。車の中で目撃した腕の映像が強烈に印象に残っているせいかもしれない。

秋が深まり、長袖を着るようになってからは腕を目にしなくなっていたが、今日の頼人は大きめのデニムシャツを着ていて、袖口が長すぎるのか大きく折り返していた。

ざっくりした生地のせいもあって、ことさら手首が華奢に見える。

「頼人」

「うん？」

レストランやバーの並ぶ通りまできて、頼人が「ここにする?」とワインバーらしい店の前で立ち止まった。ワインの瓶と黒板メニューが店の壁にディスプレイされている。

「頼人…、あのな」

土屋の様子がいつもと違うと思ったらしく、頼人が怪訝な顔で土屋を見上げた。

「どうしたん? つっちー、疲れてる?」

「いや…、頼人は、なんで社長がそんなに好きなんだ?」

いろいろ考えすぎて、出てきた言葉の脈絡のなさに、自分でもぎょっとした。頼人も驚いたように大きく目を見開いて土屋を見上げた。

「なに、急に」

「いや、ほら社長はゲ、ゲイじゃないだろ? 望みがないのに、なんでそんな虚しいことしてんだろって。いや、ええと…」

無神経な言葉が勝手に出てくる。慌てて修正しようとしたが、頼人の頬がみるみるこわばった。

「つっちー、ちょっとこっち来て」

店の横の人けのない場所に移動してから、頼人は改めて土屋を見上げた。

「なんなん、今の」

声が怒りで震えている。

「だから、おまえなら他にいくらでもいい男いるだろって話だ。せっかく好きになっても相手が社長じゃ意味がないっていうか…」

言い訳しようと焦って、自分でも何が言いたいのかわからなくなった。

「だいたい中学からって長すぎだろ。いい加減他の男に目を向けろよ。世の中には他にもいい男がいるのに、頼人がもったいないだろ」

「つっちーは好きな人いるの」

頼人がすっと目を眇めた。

「は？　お、俺の話してんじゃないだろ」

「俺の話もいらねーよ。なんだよ急に。俺が祐一郎さんに片思いしてたら、何か都合悪いのかよ」

祐一郎さんに片思い、と言う言葉が強烈に胸に来た。

「望みがねーのに虚しいだろって言ってんだ」

「好きになってくれるかどうかなんて関係ねえし！」

頼人が怒鳴った。

「つっちーは人を好きになったことがないんだろ。だからそんなこと言うんだよ。望みがあろうがなかろうが、好きになってしまうのはしょうがないんだよ。なんだよ、なんも知らないくせに偉そうに説教してんじゃねーよ」

「なにも知らないのはおまえのほうだろうが！」

思わず怒鳴り返して、土屋ははっと言葉を呑んだ。

「――それ、どういう意味？」

頼人がじっとこっちを見ている。怒りで赤くなっている頬に、土屋は奥歯を嚙みしめた。

「どういう意味だよ。俺が何を知らないんだよ」

頼人が一歩、土屋のほうに近寄った。

「――俺はただ、頼人のことが…」

心配なんだ、と言いかけて、土屋はまたぐっと言葉を呑み込んだ。

「つっちー、今日変だぞ」

頼人がふと顔つきを変えた。

「なんかあったのか？」

「な、なんもねーよ」

「じゃあさっきからなんなんだよ。何か言いたいことあるなら言えばいいだろ」

「――俺は」

土屋は口を開いて、言うべき言葉を探した。俺は、俺は、俺は――。

「おまえが」

頼人はまっすぐこちらに視線を向けている。褐色の瞳の中の金色の環。こんなときでも、ものすごく綺麗だ。

どうしてその瞳に映るのは祐一郎なんだ、と怒りとも悲しみともつかないものがこみ上げてくる。

一途に思い続けても、そいつは別の人と結婚するのに。

「俺は、おまえが――」

視界がぶれる。心が揺れる。

「おまえが泣くのは嫌なんだ」

言った途端、喉の奥が熱くなった。

頼人が泣くところは見たくない。

頼人が悲しむところは見たくない。

「誰が泣くんだよ」

眉をひそめるようにして聞いていた頼人が、肩をそびやかした。

「片想いには慣れてんだ。俺が好きになるのはいっつもストレートなんだ。そんなの慣れてる」

「慣れるなよ！」

むかついて、腹が立って、土屋は大声で怒鳴った。頼人はさらに大声で怒鳴り返した。

「誰を好きになろうが俺の勝手だろ」

そのとおりだ。わかってる。わかってるけど言わずにいられない。

「社長はな、結婚すんだよ！」

頼人がはっと頬をこわばらせた。

言ってしまってから、土屋はしまった、と歯噛みした。遅かれ早かれ知ることになったとはいえ、こんな形で自分が言うことじゃなかった。

「ごめん、頼人」

頼人は棒立ちになっていた。

焦って謝ったが、言ってしまったことは取り返せない。

「頼人」

白い頬がよりいっそう白くなるのがわかった。

「——帰る」

ふらっと一歩後ろにあとずさると、頼人はくるっと踵(きびす)を返した。

「ちょっと待て…」

「触んな！」

腕をつかもうとしたが、激しく払われた。

「つっちーはなんもわかってない。俺はもうとっくに…」

目を伏せて何か言いかけたが、頼人は痛そうな顔できっと土屋を睨み、「慣れてるんだ」と繰り返した。

「本当に、片想いには慣れてるんだ。俺が好きになる人は、俺のことを好きになってくれない。わかってるから、慣れてるから、だから俺のことはもうほっとけよ！」

「頼人！」

いきなり走り出した頼人を追いかけようとしたが、ちょうど角から学生風の団体が現れて、土屋を阻(はば)んだ。酔っぱらった仲間同士で団子になっている。なんとか集団をかきわけたときには、頼人の姿は見えなくなっていた。

「くそ」

それでも土屋はやみくもに追いかけた。

「頼人！」

何に動揺して、何に激昂(げっこう)して、何に焦っているのか、わけがわからない。ただ突き上げる強い情動のまま頼人を探して走った。

「頼人、頼人」

勘だけでいくつか角を曲がり、もう見つけられるとも思えないのに、走るのを止められない。とうとう息が続かなくなって、どこかの飲食店の裏口で壁に手をついてしゃがみ込んだ。

「…なにやってんだ、俺…」

はあはあ息を切らしながらコンクリートの塀(へい)を背にして見上げると、近くの街灯から濁(にご)った光が降って来る。

ビールケースやゴミ箱の中で座り込んでいる自分が滑稽で、土屋はよろよろ立ち上がった。ネクタイはほどけ、スーツの裾はぐしゃぐしゃだ。

情けなくて、馬鹿馬鹿しくて、八つ当たりにビールケースを蹴飛ばし、路地裏から出た。革靴で全力疾走したのでかかとが痛い。ビジネスバッグをちゃんと持っていたのだけが救いだ。

「くそ。もう知らねえからな」

乱れていたスーツを直すと、土屋は小さく頼人に毒づいた。頼人のせいじゃないとわかっていても、腹が立つ。勝手に気をもんで、勝手に心配して、何やってんだ、俺。

「だっせーな…」

おせっかいはもう止める。そんなことは柄じゃなかった。

痛む足をわざと痛くなるように引きずって、土屋は駅のほうに歩き出した。

それでも頼人の泣きそうな顔がちらついて、どうしても消えてくれなかった。

8

「土屋君、疲れ溜まってきてるんじゃない？　大丈夫？」

あとからタクシーに乗り込んだ土屋に、祐一郎が物憂げな声で訊いた。小さくあくびをかみ殺している。

「社長ほどではありませんから、心配はご無用です」

運転手に行先を告げてから、土屋はついでのように返事をした。夕暮れのビジネス街は徐々に渋滞が始まっている。時間通りにつけばいいが、と腕時計に目をやった。午後五時半。これから祐一郎の結婚報告を兼ねた同業他社との懇親会だ。

覚悟はしていたが、披露宴が新婦の安定期に合わせて来春に決まると、土屋の職場は戦場と化した。

当初の予定より前倒しになったぶん規模は縮小されたが、準備の手間はかえって増え、通常の業務ですら忙しくなる時期にかぶって、総務部は殺気立っている。

総務部長の指揮のもと、さまざまな案件が一斉にスタートし、土屋も祐一郎のスケジュール管理に必死だった。

忙しさで個人的な悩みが一時棚上げできているのだけはありがたかった。

あの夜からひと月、頼人からの連絡はぴたりと途絶えた。土屋もしていない。

それでもこっそり確認した招待客リストに頼人の名前が載っているのを見て、土屋は心を痛めた。今頃どうしているのかと考えそうになっては「もうおせっかいは止めろ」と自分をいさめた。

「会食の終了予定は十時です。車をエントランスにつけさせておきますから、今日はそのままお帰りください。そろそろ睡眠時間を確保しないとお身体に障ります」

「うん、ありがとう」

「明日は八時に迎えが行くことだけ覚えておいてください。念のため、七時にお電話します」

「なんか土屋君、秘書っていうよかマネージャーみたいね。俺は芸能人みたい」

祐一郎が疲れのにじむ声で笑った。

「今は正にそうでしょう。HONMAグループの三男が伊東錬三郎氏の孫娘と結婚って財界ニュースにもなってますよ」

「なお麻友さんは妊娠三ヵ月ときた」

最低ですね、と心の中だけでつぶやきながら、土屋は無意識にスマホを内ポケットから出していた。

頼人から連絡がこないかと、ついこうして確認してしまう。頼人と仲良くなったこの数ヵ月でついた習慣だ。

つっちー、もう昼飯食った？

つっちー、明後日ごはん行ける？

つっちー、俺いまからロケだよ
頼人から来るメッセージは、いつも土屋に対する純度百パーセントの好意で溢れている。

ちょっとした仕事の合間に見ては、癒されていた。

今は来ていないことを確認して疲れが増すだけの行為になっている。

頼人は先週、芸能界引退を表明した。

ローカル局の情報番組でいくつかレギュラーを持っているので、編成の替わるタイミングで芸能活動から卒業すると事務所から発表があり、年末の芸能ニュースを一瞬賑わせた。有紗は悲鳴をあげて「明兄、友達なんでしょ、なんとかしてよ」と無茶なことを訴えていたが、最近はもう会ってない、と言うと、残念がりながらも「まあ芸能人と友達とかってそっちのほうがあり得ないことだもんね」と納得していた。

「でも、芸能人とか関係なく、明兄の友達に会ったのって初めてだったね」

有紗がなにげなく言った言葉が、妙に土屋の心に残った。

一緒に居酒屋で飲んだり、ボウリングしたりゲームセンターに行ったり、土屋は友達とそんなことをしたことがなかった。

十代の後半から二十代の始めにかけて、遊んだ記憶がほとんどない。

自分で決めたことだから、苦労したとか犠牲になったとか思っているわけではないし、後悔しているわけでもない。

ただちょっと残念なだけだ。

そしてその「ちょっと残念な気持ち」を頼人は共有してくれた。

ゲーセンでどれだけ長くワンコインで粘れるか試したり、コンビニの前のベンチで野良猫を構ったり、そんなことを楽しいと思って一緒にしてくれるのは、頼人しかいない。

つっちー、と好意全開で笑ってくれるのは頼人しかいない。

もうあんな時間は持てないのだろうか。

ぼんやりしていたら、会食予定のレストランが入っているビジネスビルが見えてきた。

「それでは、何かありましたらご連絡ください」

「ん、ありがとう」

ビルのエントランスで車を降りてエレベーターホールまで同行し、そこで祐一郎とは別れた。

エレベーターのドアが閉まり、階数表示が点滅するのを見上げながら、また無意識にスマホを触っていた。

頼人に会いたい。

顔が見たい。

意を決して、土屋は頼人のアイコンをタップした。

今までのトーク履歴が表示され、土屋はそれを数秒見つめた。

またおせっかいを言いたくなるかもしれない。怒らせてしまうかもしれない。頼人が傷つくところを見るのも嫌だ。

でも会いたい。

迷った末、土屋は〈元気か？　この前はごめん〉と送信した。

でも、いくら待っても頼人から返信はこなかった。

9

明信の会社、いきなりブラックになったんじゃないの、と家族に心配されながら年末年始がすぎた。

頼人のことが気がかりで、でもそればかりに浸る間もない忙しさで、土屋は日々の業務に忙殺された。

正月は三日だけ休んだが、ほとんど寝るだけで過ごし、三月の披露宴準備に向けてまたフルスロットルの日々に戻った。

披露宴で、頼人は書道ライブを余興として披露することになっていた。

内心、招待するだけでもどうなんだと思うのに、よく余興まで頼んだな、と祐一郎の厚顔さには呆れたが、本当に嫌なら頼人は引き受けないだろう。頼人なりの思いがあるのだろうし、それに口を出す権利は誰にもない。

頼人には、あれからも何度かメッセージを送った。が、とうとう返事がくることはなかった。

やきもきしながら、でも披露宴では顔を合わせる、と土屋はそれを頼みの綱にしていた。

引退前のイベントやファンミーティングで忙しそうだ、と祐一郎が雑談の中で話すのを聞いたが、結局それ以外に頼人がどうしているのか知ることもないまま、披露宴当日を迎えた。

「土屋さん、おはようございます」

総務部長と一緒に前日からホテルに泊まりこんでいた土屋は、最終打ち合わせのためにウェディングプランナーの女性とともにゲストの控室に赴いた。

ピアノ演奏と歌、マジック、そして書道パフォーマンス。

「おひさしぶりです」

頼人は笑顔だった。

とても他人行儀な笑顔だ。

「おひさし…ぶりです」

数ヵ月ぶりに顔を合わせて、土屋はその美しい袴姿に射貫かれた。

いつもテレビやイベントで着用しているものより格式の高そうな馬乗袴に淡い色の羽織で、金髪を今日は綺麗に伸ばしてオールバックに整えている。ブルーグリーンのカラーコンタクトを入れた瞳で見つめられ、こんなにきれいだったのかと土屋は柄にもなくどぎまぎした。しかし頼人のほうは社交辞令の笑顔を浮かべただけで、すぐ視線を逸らせてしまった。

少しでも言葉を交わしたいと思っていた土屋は落胆した。

正直、なぜ頼人にここまでシャットアウトされなくてはいけないのかと土屋は納得がいかなかった。確かに不用意なことを言って怒らせ、喧嘩別れのような形になったが、何度も謝って歩み寄ろうとしているのに、許してもらえないほどのことをしただろうか。

そして自分がこんなに未練がましい男だったのかと、土屋は自分が意外だった。

ここまで無視されても、まだどうにか仲直りできないものかと考えてしまう。

「土屋さん、ちょっとこっちお願いできますか？」

余興の打ち合わせを始めようとしたところで、戸口から総務部の社員に呼ばれた。

「ここは私だけで大丈夫ですよ」

「そうですか？　ではよろしくお願いします」

プランナーの女性に押し出されるような格好で部屋を出ながら肩越しに頼人を見たが、取り澄ました顔は完全に土屋を無視していた。

なんだよ、という反発もあるにはあったが、それよりも寂しさのほうがずっと上だった。

本当にもう頼人とはこれきりになってしまうのかと思うと残念でしかたがない。

そのあともなんとか少しでも話ができないかとタイミングを窺ったが、仕事に追われてそれどころではなくなった。

「土屋さん、休憩入れなくて大丈夫ですか？」

式のあと披露宴が始まり、土屋はスタッフルームのモニターの前で連絡係として詰めていた。

予定通りに進行していくのを見守っていた土屋の前に、コーヒーの乗ったトレイが置かれた。

振り返ると、ウェディングプランナーの女性がにっこりして立っていた。四十代くらいの、いかにも頭のよさそうな人だ。

「ありがとうございます。いただきます」

土屋がコーヒーカップを手に取ると、プランナーの女性も土屋の隣の椅子に腰かけて、モニターに目をやった。現在は「ご歓談の時間」で、どのテーブルもなごやかに盛り上がっている。

「このあとは小柳さんの書道パフォーマンスですね」

プランナーの女性がタブレット端末で進行を確認した。

「ちょっと楽しみにしてたんです、わたし」

「そうなんですか」

土屋は複雑な内心を隠しながら応じた。

これ以上頼人とコンタクトをとろうとするのはやめたほうがいいのかもしれない、と思い始めていた。

モニターは複数台あって、メインは高砂席だが、各テーブルの様子も見られる。ときどき親族席の頼人に目をやって、土屋は頼人が以前よりも痩せているのに気がついた。

引退が決まって忙しいこともあるだろうが、祐一郎に対する想いで心労が募っているのだろう。それなのに自分は頼人の心情や都合をぜんぜん考えていなかった。

縁があれば、また自然に交流は生まれるだろう。そのときに仲良くすればいい。少なくとも今強引に交流を求めるのは間違っている。

「あ、始まった」

土屋の内心など知る由(よし)もなく、プランナーの女性が弾(はず)んだ様子でモニターの音量を上げた。

司会進行は人気のフリーアナウンサーで、「ではみなさま、そろそろここで新郎の従兄弟(いとこ)、小柳頼人さんにご登場願いましょう」と手慣れた調子で盛り上げた。

頼人のテーマソングのようになっている津軽三味線(つがるじゃみせん)が流れ、会場の照明が暗くなる。スポット照明が頼人を照らした。

「祐一郎さん、麻友(まゆ)さん、本日はまことにおめでとうございます」

人前に出ることには慣れている頼人は、壇上の二人に向かってまずはお祝いの言葉を述(の)べた。

祐一郎の従兄弟としての心温まるお祝いの言葉をモニターごしに見ながら、土屋は無意識に拳(こぶし)を握りしめていた。

どんな気持ちで片思いの相手が結婚するのを祝福しているのか、想像するだけで胸が痛い。

頼人の祝辞(しゅくじ)の間にスタッフがパフォーマンスの準備を終わらせた。頼人の背丈ほどもあるパネルが二枚用意され、頼人は襷(たすき)がけをしながらパネルの前に進み出た。

「では、これから小柳頼人さんに、新郎新婦からの、それぞれ愛のメッセージを書いていただきましょう」

「は?」

司会者の言葉に、土屋は思わず腰を浮かせた。

「小柳さんからのお祝いメッセージを書くんじゃなかったんですか？」

「直前の打ち合わせで、それより愛のメッセージ交換のほうが盛り上がるってことで、変更になったんですよ」

プランナーの女性はなんでもないように答えた。

「でも、そんな急に…」

お祝いのメッセージでも辛いだろうに、相手に対する愛の誓いを代筆させられて、どんな気持ちでいるだろう。

なにより頼人の気持ちを知ったうえでそんな残酷なことをさせる祐一郎が信じられなかった。

「あのおっさん…！」

許せねえ、と拳を握ったとき、モニターから頼人の気合の入った掛け声が聞こえた。

頼人はスポット照明の中、パネルに向かって大筆を振るっていた。流れるような筆さばきだ。

「わあ」

プランナーの女性が感嘆のため息をついた。頼人の動きは無駄がない。そして新婦からのメッセージは英語だった。「There's no place like home」と頼人は柔らかい曲線で優雅に表現した。

「素敵～！」

プランナーの女性が小さく手を叩いた。

「英語でも大丈夫ですって打ち合わせでおっしゃってたけど、ほんとに筆文字の英語も素敵ですねえ。わあ、これポスターにして飾りたい」

　モニターの中でも「これから二人で居心地のいい家庭を築いていきましょう」とマイクを渡された新婦が新郎に向かってはにかみながら語りかけ、温かな拍手が起こっている。頼人も満足そうな笑顔を浮かべて頭を下げた。

「続いて新郎からのメッセージです。小柳先生、お願いします」

　司会者の合図に、頼人が真剣な表情でパネルに向かう。だん、と一歩前に出て、今度は強く筆を振るった。

　新婦と対照的に、祐一郎からの返詩（へんし）は漢字四文字だった。

「比翼連理（ひよくれんり）、かな」

　プランナーの女性がつぶやく。

「今度はかっこいい…！」

　パネルに筆を叩きつけるようにして、頼人は一文字一文字を書きつけていく。大書揮毫（たいしょきごう）は全身からこみ上げる感情や思いを表現するものだと聞いた。

　ずっと思い続けていた男が、妻になる人へ捧（ささ）げる言葉を書くのに、どれほどの精神力を使っているのかと思うとたまらなかった。

　最後の一文字を書き終わると、頼人は書に向かって頭を下げた。いつのまにか静まり返っていた会場からわっと拍手が起こった。

「いつまでも、二人で力を合わせていきましょう」

祐一郎がマイクを握って新婦にメッセージを伝える。ひときわ大きな拍手が起こり、頼人はもう一度、今度は会場のほうに向かって深々と頭を下げた。

「頼人」

モニターに映った頼人の目は真っ赤だった。土屋は両こぶしを握った。


絶対に一言言ってやらないと気が済まない。今日はおめでたい日だから我慢して、でも絶対あとからあれはない、と言ってやる。

土屋はもくもくと裏方の仕事をこなしながら祐一郎に対する怒りを押し殺していた。でも本当はそれ以上に自分の無力さに腹が立っている。

そもそもあのとき、喧嘩なんかしなければよかった。

そしたら、頼人をかばってやれたかもしれないのに。好きな人の愛のメッセージを代筆するような酷（こく）なこと、させないように動いてやれたかもしれないのに。

披露宴はつつがなく終わり、親族の写真撮影も終わった。

頼人の祖父母とアメリカ在住の母親も出席していて、土屋は式の前に挨拶（あいさつ）をしたが、頼人の母親は想像していたような派手なタイプではなく、むしろ華やかな祐一郎の母親より万事に控えめに見えた。

親族と挨拶を交わしている頼人を、土屋は遠くから見ていた。気づいているのかいないのか、頼人はかたくなに土屋のほうを見ようとしない。

「土屋君、ちょっといい?」

なんとか少しでも言葉を交わせないかと様子をうかがっていると、タキシード姿の祐一郎に呼ばれた。

「いろいろありがとう。君には本当に負担かけたね」

ホテルスタッフが行き来しているフロアの端まで連れて行かれ、祐一郎はいきなり土屋の両手をとった。

「ほんとに感謝してる。ありがとう」

祐一郎は遠慮のない幸福オーラをまきちらしていた。いつもの人を食った態度とは一変して、世界中にありがとうが言いたい! という顔つきだ。

反射的にいらっとして、土屋は無言で手を振りほどいた。

「土屋君?」

「あれはないでしょう」

「へ?」

もう我慢ができず、土屋は祐一郎をきっとにらんだ。

「ひどいじゃないですか。自分に片思いしてるってわかってる相手を披露宴に呼びつけて、その上愛のメッセージ？　正直、俺は社長のことをかなり見損ないましたよ。社長は八方美人でいい加減なところはあるけど、でも芯のところでは思いやりのある人だと買いかぶっていました。小柳先生をあんなふうに利用して、よく平気でいられますね。信じられない」

なんのことだ、ときょとんとしていた祐一郎は、途中で土屋が憤っている理由がわかった様子で、目を見開いた。

「土屋君、まさか…知ってたの？」

「社長が思ってらっしゃるよりも、小柳先生とは親しくさせていただいていました。断っておきますが、小柳先生がご自分から話したわけじゃないですよ。知ったのは偶然です。先生は、本当に社長のことを一途に思ってたんですよ。自分が勝手に片思いしてるだけだから、社長の迷惑にだけはなりたくないっておっしゃって」

迷惑をかけるくらいなら死んだほうがマシなんです、ときっぱり言い切った頼人を思い出すと、土屋は熱いものがこみ上げてきて、ぎゅっと拳を握りしめた。祐一郎はぽかんとした顔で聞いていたが、ややして顔つきを改めた。

「土屋君、…ちょっと来て」

あたりを見回すと、祐一郎は土屋を促して早足で歩きだした。

親族控室の隣の「支度室」とプレートの貼られた小部屋に土屋を招き入れると、祐一郎は慎重にドアを閉めた。

「頼人とそんなに親しくしてたなんて、知らなかったよ」

祐一郎は驚いた、とばかりにほっと息をついた。

「頼人からは、書道教室で顔を合わせて何回かご飯を食べたことがある、って聞いてたけど、そこまで親しくしてるようには言ってなかったから」

祐一郎のタキシードには蘭のブートニアがついていた。生花なのでほんの少し萎れかけている。それが頼人の心のようで、胸が痛くなった。

「中学のときからずっと好きだった、って言ってました」

「うん」

祐一郎は少し黙り込んだ。

「かわいかったんだ。父方の従兄弟とはどうしても競争意識があるから気を張ってなきゃいけなかったけど、母方の親戚はそういうのがないからほっとできるし、頼人は素直で懐いてくれて、…本当に、かわいかったんだ」

祐一郎は昔を思い出すように、そこで一度言葉を切った。

「だから好きだって言われても突き放せなかった。そのうち本当に好きな人ができるだろうって高をくってたのもあったし、…でもまあ確かにずるずるしすぎた。それは本当に反省してる。僕のよくない癖だよね」

「結婚するって、ちゃんと社長から伝えたんですか?」

それがずっと気になっていた。せめて本人から誠意をもって聞いたのなら、少しは頼人の気持ちも報われる。

「もちろん。土屋君に話したあと、すぐ電話したよ。やっぱり頼人には自分の口から話しておきたかったし、早めに言って押さえておかないと、頼人のスケジュールはタイトだから」

「あのあとすぐ、ですか…?」

思い返して、土屋は心の中で首を傾げた。

祐一郎が結婚すると知って、土屋はそのことを頼人に黙っているべきかどうかずいぶん悩んだ。そしてとりえず会おうと決めて、頼人に連絡をしたのだ。

衝動的に話してしまい、売り言葉に買い言葉で喧嘩別れすることになってしまった、と後悔していたのだが、あのとき、もう頼人は祐一郎が結婚することを知っていたのか。

それにしては頼人は落ち着いていた。

気がつかなかっただけで、もしかしたらすごくダメージを受けていたのか。

——つっちーはなんもわかってない。

怒った頼人の顔が思い浮かんで、ふっと違和感を覚えた。

——おれはもうとっくに……

…とっくに？

「それに、頼人に余興を頼んだのはプランナーで、僕じゃないよ」

考え込みそうになったとき、祐一郎が続けた。

「いくらなんでもそんなこと頼まない。あとから聞いて驚いて、本当にいいのか確かめたら、俺はもう他に好きな人ができたから平気だって言ったんだ」

「そんなの社長に気を使わせないように言ったに決まってるじゃないですか」

なにしゃあしゃあと都合のいいこと言ってるんだ、と土屋はまた腹を立てた。

「いや、でも…」

さらになにか言い訳をしようとしていた祐一郎が、ふと何かに気づいた顔で黙り込んだ。

「なんですか」

急にじろじろ眺められ、土屋はむっとした。

「僕は君と違って、恋愛経験は豊富だからね。本心かどうかくらいわかるよ」

「は？　なにさりげなく馬鹿にしてんですか」

「正直、別に好きな人ができたって聞いて、ちょっと面白くないなと思ったけど、頼人が新しい恋に目を向けられるようになったのはもちろんいいことだし、でも変な男じゃなければいいなという心配もあって——そうか、なるほど。うん、よかった」

祐一郎はひとり納得した様子で土屋を見ながらうなずいた。

「だから、なんなんです」

意味不明な態度に本格的に苛立ってきたが、祐一郎のほうは妙に朗らかに「そうか」を連発している。

「あのね、土屋君。頼人、芸能事務所も契約が切れることだし、教室のほうは講師に任せて、しばらく充電するつもりらしいよ。いい機会だから叔母さんのところで骨休めするつもりだって言ってた。叔母さんが帰るのに合わせて、一緒に向こうに行くようなことも言ってたな」

急に話が変わって面食らったが、それより頼人としばらく会えそうにないということに土屋は焦った。

「向こう?」

「ボストン。でももっといい充電のしかたがあるよね」

祐一郎はにっと笑って土屋の肩をぽんと叩いた。

「土屋君もさ、ここしばらくオーバーワークだったし、消化してない休みもたまってるだろ? 僕がハネムーンでいない間、ついでに君も休暇取ればいいよ。桂木君には僕から話しとくから」

話がまた変わり、なにが言いたいんだ、と眉を寄せると、祐一郎はなぜか小さく噴き出した。

「とにかく、頼人と話してきたら? もうあらかた用事は終わってるんだろ? 頼人、いつも俺は片思いなんだって寂しそうだったから、話を聞いてあげてよ」

「そうしてやりたいのはやまやまですけど、喧嘩してるんですよ」

つい正直なところを打ち明けてしまった。

「喧嘩？」

「怒ってて、目も合わせてくれない」

「あー…、うん、そうか」

祐一郎は目を瞬かせた。

「それは僕のせいだね」

「今さら何を言ってるんです」

「悪いと思ってるよ。だからこそ、今できる協力はしようと思ってるんだ。頼人は、もう僕で懲りてて、片想いは辛すぎるからって逃げてるだけなんだと思う。土屋君が追いかけてくれれば万事解決だから。頑張って」

「いや、ですからね？」

幸せすぎて人の話を聞く集中力がなくなっているのか？　と意味のわからないことを言い続ける祐一郎にちょっと呆れた。しかし祐一郎は「ほら早く」と部屋のドアを大きく開けた。

「早いほうがいいから、行ってあげてよ。今ならまだそのへんにいるだろ」

祐一郎に押し出されるようにして部屋を出て、土屋は「確かに、仲直りするなら今だな」と腹を決めた。

とにかく、このまま疎遠になるのだけは嫌だ。

しかし、急いで戻った控室や会場に、頼人の姿はなかった。一緒にいた親族には、用事があるのを思い出したから書道スタジオに行くと言い残していなくなったらしい。勢いがついて、それなら、と土屋はそのままタクシーを飛ばして書道スタジオに向かった。

「小柳はしばらくお休みをいただいておりまして、こちらにはおりませんが」

ブラックスーツのまま息を切らして飛び込んできた土屋に、スタッフは怪訝(けげん)そうにそう答えた。

「いない…」

理由のわからない焦燥(しょうそう)にかられて立ち尽くしていると、祐一郎から着信があった。会えたかと訊かれ、事情を話すと、頼人の母親と連絡をとってくれ、今日は祖父母と一緒に親戚のところに宿泊して、明日一緒に帰国予定らしい、と飛行機の便まで教えてくれた。

ここまできたら、と半分意地になって、次の日オフィスで休暇の申請(しんせい)と最低限の用事を済ませると、土屋はその足で空港に向かった。パスポートは持ってきた。万が一のときにはボストンでもどこでも行ってやるという覚悟だ。

相変わらずスマホに応答はない。

空港の出国カウンターを必死で探し、やっと見覚えのある頼人の母親を見つけたと思ったら、またしても「頼人はいない」と言われた。「急用ができたから、ボストンにはもうちょっとして行けたら行く」とだけ連絡があって、昨日別れたきりらしい。

頼人の母親が「よければ一緒に遊びに来てね」とほがらかに去ってからも、土屋はしばらくそこに佇(たたず)んでいた。

頼人はどこに行ってしまったんだろう。

「…くそ」

こうなったらなにがなんでも見つけてやる、と土屋は一度頭の中を整理した。

頼人の今の自宅は所属していた芸能事務所が用意してくれたマンションで、でももう事務所との契約は切れているはずだ。

書道スタジオにもいない。祖父母のところでもない。母親とも一緒ではなかった。

「――巣(す)」

頼人の巣。

閃(ひらめ)いて、土屋は顔を上げた。

一度だけ行った、あの古いマンション。

そこだ、と急いで歩き出してから、なんでこんなに必死になってるんだろう、と土屋はふと自分が不思議になった。

別にこれで一生会えなくなるわけじゃない。そもそも頼人とはちょっと喧嘩をしてしまっただけだ。なかなか許してくれないけど、頼人ならきっとそのうちわかってくれるはずで、それならこんなにも焦って探す必要はないはずだ。

なにより、俺はなんでこんなに頼人のことばかり考えて、必死になっているんだろう。

頼人のことが心配で、気になって、――でも心の奥にひそんでいる本当の強い願いは、もっとシンプルなものだ。

頼人に会いたい。

ただそれだけだ。

つっちー、と笑って駆け寄ってくる頼人に今すぐ会いたい。

顔を見たい、話がしたい、ただそばにいるだけでいい、会いたい。だから探してる。

「……」

こんな気持ちが、友達に対するものといえるのか？

土屋は初めて自問した。

高校時代も社会人になってからも、ここまで好きだと思った友達はいなかった。なんだかわからないけど気が合って、親友ってこんなかなと考えて、でも本当に友達にこんな感情を抱くものだろうか。

筆を持ち添えた手に緊張したり、瞳の中の虹彩(こうさい)に見惚(みと)れたり、袖口(そでぐち)からのぞく手首を盗み見たり――片思いしていることに胸が妬(や)かれたり、するものだろうか。

「…しねーよ」

それは今まで異性に対して持ったはずの感情だ。

異性に対する——恋愛感情。

「は？」

土屋は目を見開いた。

「れんあい……？」

——俺は、あいつが好きなんだ。

天啓は、いきなり降ってきた。——好きなんだ。

驚いて、思わず大きな声を出してしまった。通りがかりの人がぎょっとしてこっちを見た。

土屋は慌てて口をつぐんだ。止まっていた足を動かしてどんどん歩く。それに合わせるように心臓もものすごい勢いで動いている。

「うお、まじか」

——好きなのか。そうか。好きなんだな。

自分のことなのに驚いて、土屋はなかば呆然としていた。

抱きしめたい、キスしたい。そういうふうに好きなんだ。

心の中で言葉にしてみると、すとんとすべてが腑に落ちる。

頼人の言っていたことは、正しかった。

好きになってしまうのはどうしようもないことなんだ、とあのとき頼人は怒っていた。

好きになってもらえなくても、そんなことは関係ない。

本当にそのとおりだ。頼人は正しい。

他の男に十年以上片想いしている相手に、気がついたら恋をしていた。

むなしいだろ、やめとけよ、他にいいやついくらでもいるだろ。

いかに自分が馬鹿なことを言っていたのか、今にしてよくわかる。

そんなことができるくらいなら誰も苦労しない。

自分でコントロールできないから、恋だ。

10

ごっとんごっとん音をたててエレベーターが上昇していく。

一度しか来たことがなかったが、頼人の古いマンションは案外すんなり見つけられた。

自分の気持ちを自覚して、土屋はひたすらすっきりしていた。

今までごちゃごちゃ悩むことがなかったから、もやもやしていたものの正体がわかって、気分爽快だ。

褐色の瞳の中で小さく光る虹彩や、暗がりの中浮かび上がるような白い腕。きれいだ、と思っていたけれど、それ以上に俺はあれに劣情を抱いていた。そうわかったら、「なるほど」と膝を打つ勢いで納得した。

わかったからには行動あるのみだ。

平日の午後で、事務所として使われている部屋のほうが多そうだと思っていたとおり、エレベーターには作業着姿の若い男と安っぽいスーツの中年男が乗り合わせて、途中で降りて行った。

一人になり、エレベーターの上昇ボタンが点滅するのを見つめる。

頼人と会ってどうするのか、もうとっくに決めていた。

古いエレベーターの軋(きし)みと同じリズムで心臓が収縮を繰り返す。

チン、と軽い音がしてエレベーターのドアが開いた。すぐ前が頼人の部屋だ。

ぜったいここだ。ここにいる。

そう思ってところどころ塗料の剝(は)げたスチールドアの前に立ち、まずは一回、深呼吸をした。

呼び出しベルを押すと、中でぴんぽん、と音が聞こえた。応答はない。しばらく待って、もう一度鳴らした。今度は足音が近づいて来て、警戒の滲(にじ)む声が「はい」と返事をした。頼人だ、と土屋はいきなりテンションが上がった。

「頼人？　俺」

ドア越しにも、頼人がはっと息を呑むのがわかった。

「頼人」

返事はないが、物音もしない。頼人はそこに立っている。土屋はドアをノックした。

「頼人。いるんだろ？」

耳を澄ませると、かたんと小さな音がした。

「話があるんだ」

「俺はない」

固い声で、かぶせ気味に拒否された。

「頼人に話がなくても、俺にはあるんだ」

にべもない返事に、しかし土屋はまったく怯（ひる）まなかった。

「…なんだよ」

「できたら、顔見て言いたい」

ドアの向こうは沈黙している。

「どうしてもだめか？」

それなら仕方がない。

土屋は息を吸い込んだ。

「あのな。俺、おまえが好きだ」

覚悟を決めて一息に言うと、がらんっ、とドアの向こうで何かが床に落ちるような音がした。

「えっ、おい、大丈夫か？　何の音？」

「なっ、なっ」

「頼人？　聞こえたか？　俺、おまえが好きだ」

言い終わらないうちにまたがらんっと物音がして、どうやら何かを拾おうとしてまた落としたようだ。

「頼人？　さっきから何してんだ？」

「つ、つっちーが変なこと言うからだろっ」

つっちーという呼びかけが、ものすごく懐かしかった。

「なんで変なことなんだよ。変じゃねーぞ」

「な、なんでそんなこと急に言うんだよ」

「なんでか知りたいんなら、ここ開けろよ…って、あれ」

ドアノブをがちゃっと回してみたら、思いがけず鍵がかかっていなかった。

「不用心だな、開いてるぞ」

「なっ、なに勝手に入ってきてんだよっ！」

ぐいっとドアを押し開くと、頼人は玄関のたたきにしゃがみこんで、両手に大量の和紙を抱えていた。

「なにしてんだ」

「ほっ、ほっとけよ」

真っ赤な顔をして言い返してくる頼人の手から、また紙の束(たば)が一つ落ちた。束ねている金具が床でがらんっと音を立てる。

「この音か」

「やっ、やめろよ！」

「ん？」

和紙は細長く、束のはしっこが足元でうねっている。

「見るなよっ」

土屋が拾い上げた反対側を、頼人が焦った様子でやみくもに引っ張った。ぴんと紙が張られて、流れるような美しい筆文字が目に飛び込んでくる。頼人がはっと息を呑んだ。

「なんて書いてるんだ、これ」

「えっ」

草書はまったく読めない。

死刑判決でも受けるように竦んでいた頼人が、驚いた様子で顔を上げた。

「昔の人ってこんなの読めてたんだな。すげえな」

ぽかんとしていた頼人は、土屋が感心して眺めていた和紙を慌てた様子で取り返した。

「なんて書いてるんだよ？」

隠そうとされると興味が湧く。軽く訊いただけなのに、頼人は真っ赤になった。

「えっと、わ、和歌だよ。和歌」

いてきた。

「うん、和歌。それで、つっちーどうしたの」

とってつけたような明るい笑顔になって、頼人はさっきまでの拒否など忘れたかのように訊

「おまえが好きだって、言いに来た」

「──ん」

頼人が目を伏せた。もじもじと手の中の和紙を弄んでいる。

「ありがと。俺もつっちーのこと、好きだよ。けどなんていうか…、喧嘩、みたいになっちゃって、意地張ってたっていうか…」

「あっ、それ違うぞ」

あくまでも友情の「好き」だと捉えている頼人に、土屋は急いで詳しい説明をした。

「おまえが社長のこと好きってのと同じ種類の「好き」だ。キスしたいとか、エッチしたいとか、そっちのほうの「好き」な」

「──は?」

頼人が大きく目を見開いた。

「あ、でももちろん頼人が俺のこと友達としか思ってないことはわかってる。急にこんなこと言ったら、びっくりするよな。ごめん」

よほど驚いたらしく、今度こそ頼人はフリーズしている。瞬きするのも忘れ、ただ土屋を見上げていたが、よろ、と身体がかしいで、頼人はそのまま尻もちをついた。

「おい、大丈夫か」

「だっ、だっ」

助け起こしてやりたいが、今手を伸ばすのは下心を疑われかねない。土屋はぐっと我慢した。頼人は上がり框にへたりこんだ形で土屋を見上げている。

「つっちー…」

「頼人が社長のことに諦めがついて、落ち着くまで、俺、待ってるから。そんで、俺とつき合ってもいいと思ったら、つき合ってほしい」

気持ちを隠して、友達面してそばにいるのだけは、自分の性格では無理だ。

頼人はひたすらぽかんとしている。

「え、と…、あの、あがって…?」

頼人がよろよろ立ち上がり、妙にへどもどしながら中に入るようにと促した。

「いいのか?」

「ど、どうぞ…」

今さら緊張してきたが、土屋は革靴を脱いで中に入った。この前来たときと同じように、家具類のないがらんとしたＬＤＫを通り、奥の和室に足を踏み入れる。

「つっちー、えと、なんか飲む？　ここ、なんもないから、ちょっと自販機でなんか買ってくるよ」

「——頼人」

土屋は座卓の上の山盛りになっていた料紙に目が釘付けになった。

「なんで俺の名前、こんなに書いてるの？」

うしろでばさっと音がして、振り返ると頼人が手に抱えていた紙の束を取り落としていた。

「練習してただけ！」

「俺の名前を？」

土屋明信、と楷書で書かれた料紙は一枚や二枚ではない。

「ちょ、触んないで！」

上のほうをがさっとめくると、ぜんぶが土屋明信で埋め尽くされている。

ここで確かに楷書の練習をした。土屋、と一緒に名前を書いた。

「頼人…」

明らかに「しまった、そっちのこと忘れてた」という顔でうろたえている頼人に、鈍い土屋もさすがに「もしや」と閃いた。

「おまえ…」

動揺しまくって、頼人の瞳がうろうろ落ち着かない。土屋も「もしや」と「まさか」で心臓がばくばくし始めた。

「それ、どういう和歌だよ？」

　ぴんときて、土屋は頼人が取り落とした和紙を拾い上げた。

「なっ、なんでもいいじゃん！　和歌は和歌だしっ」

　頼人の額から頬がみるみる赤く染まっていった。

——和歌は恋愛の歌ばっか。平安貴族それしかないんかいって感じ。

　断片がばらばらと頭の中で組み立てられていく。

　祐一郎の思わせぶりな言葉も、ひとつのヒントでぜんぶがつながった。

——頼人は僕で懲(こ)りて、もう片思いは辛すぎるって逃げてるだけなんだよ。

「なあ、もしかして…」

　思わずつぶやくと、頼人が真っ赤な顔できっとにらんだ。

「頼人」

「そっ、そうだよ！　俺はつっちーがすっ、すっ、好きだよ！　悪いか⁉　なんか文句あんのかよ？」

　完全に喧嘩腰で告白されて、土屋は唖然とした。

「ちょっと待てよ。俺、頼人のことが好きだって言ったろ？」

「嘘だッ」

「は？　なんで嘘なんかつかなきゃなんないんだよ？　意味わからん」

「意味わかんないのはつっちーだし！　ノンケのくせに、俺のことすっすきとかっ、なっ、なんでそんな」

ようやく土屋は頼人が相当混乱しているのだとわかってきた。

「なあ、ちょっと落ち着こうぜ」

同時に「俺たちまさかの両想いか？」と閃いて、土屋もどっと汗をかいた。その可能性は考えていなかった。これから口説くぞ頑張るぞ、とそれだけを思っていたのだ。

座卓を奥に押しやって、土屋は畳にあぐらをかいた。

「頼人」

今さらどきどきしながら座るように目で促すと、頼人はしばらく固まっていたが、ややして土屋の前に正座した。両手をぎゅっと握って膝の上に置いているのを見て、土屋も急いで慣れない正座に変えた。

「えーと、小柳頼人さん」

ここは決めるとこだ、と土屋はごくっと唾を呑み込んだ。

「俺は、あなたのことが、好きです」

うつむいていた頼人は、そのままの姿勢でじっとしている。耳が赤くなっているのはわかるが、顔は見えない。

「でも」

足がしびれてきたところで、頼人がやっと口を開いた。

「でも、俺は女じゃないし、いざとなったらだめとかってこともあり得るんじゃ…」

「んなことはない」

好きだ、と天啓のように降りてきた瞬間の生々しい欲求を思い出して、土屋は首を振った。しかし口説いている最中に「今すぐでもやれる」などというオスの本音を洩らしてはならぬ。

「なんで言い切れるんだよ？」

頼人がちら、と視線を上げた。

うお、睫毛長っ、と土屋は心の中で動揺した。友達目線で見ていたときも、ときおり「きれいだ」と思っていたが、いざ「そういう目」で見ると倍増しの威力だ。

「自分のことだから、そんくらいわかるわ」

「じゃ、じゃあ、してみろよっ」

「は？」

頼人がきっとにらんできた。

「き、キスとかそういうの、できねーだろ」

「おまえな」

「できもしねえこと、言うんじゃねーよ」

足がしびれて、土屋は腰を浮かした。頼人がはっと身体を竦ませる。

真っ赤になった耳と怯えた目に、いきなりかっと頭の中が熱くなった。

「つっちー」

「くそ、おまえが言ったんだからな」

文字通り、土屋は頼人に飛びかかった。

「わあっ」

後ろにひっくり返った頼人に馬乗りになって、土屋は激しく興奮した。

「今なら止めてやれるから、嫌なら嫌って言え。言わねえならヤッちまうぞ」

「ふざけんな」

頼人ががっと両手で土屋を押し返した。馬鹿が、と土屋はその手をつかんで頼人の頭の上に固定した。

「力で俺にかなうわけねーだろが。嫌だったら嫌って言えよ。言っとくけど俺はおまえに嫌われたら死ぬほど落ち込むから、今止めろって言ったら我慢する」

頼人の顔が茹で上がるように赤くなった。

「や…」

今さらながら色っぽい唇だ、と気づいて、頼人の唇が動くのを見つめた。でもその唇は「嫌」という形になっている。

「嫌か」

がっかりしたが、野獣になりかけている自分を感じて、自分でもやばいなと思っていたので、ほっとした。それなのに、頼人は目を眇めて、挑発するように土屋を見上げた。

「つっちーは馬鹿なの？」

「は？　なんで馬鹿？」

「こういう場面で嫌って言われてハイソウデスカって引くのは馬鹿だろ」

声が上ずっている。必死で虚勢を張っているのが見て取れて、土屋は襲い掛かりたい衝動をぐっとこらえた。

「おまえに嫌われたら万事休すだから理性総動員してんだぞ、こっちは」

「だから！　嫌じゃねーよ！」

頼人がやけになったように叫んだ。

「わかれよ、そんくらい！」

頼人の目はきらきらして、真っ赤になった顔も、半開きの口も、なにもかもがそそる。今さら「嫌だ」と言われてももう無理だ。

「…んっ」

拘束していた手を離して、代わりに頭を固定した。柔らかい唇を嚙み、舌を中に差し込む。縮こまった舌を誘い出して、甘嚙みすると、頼人は呼吸を乱した。

「――ん、う…っ…」

　のしかかっているので、下半身の変化はダイレクトに伝わっているはずで、頼人のそこも固くなってくるのがわかった。これってすごいな、と土屋は興奮した。

「つっちー、さすが」

　舌が柔らかくて、気持ちがよくて、何回も噛んでいると頼人がたまりかねたように顔を逸らして逃げた。はあはあ息を乱していて、濡れた唇から舌先が見える。

「さすがって、なに」

「エロい、キス上手い」

　そっちこそ煽りの天才か、ととろんとした目にまた欲求が突き上げる。

「本当にいいのか」

「ん…」

　頼人は真っ赤になったまま「うん」とうなずいた。

「つ、つっちーのこと、す、好き…だから。俺も、もうだいぶ前から好きになってたから…」

　素朴な告白に、ぎゅうっと胸が痛くなって、土屋は思わずうめいた。

「これ、まずいぞ」

「えっ」

「やばい。かわいい。本当にやっちゃっていいのか？　俺、おまえにひどいことしそう」

さすがに頼人が不安そうな表情になった。

「えっと。つっちーは男とやったこと、ないよね…？」

「女ともそんなにない」

「えっ？　そうなの？」

「彼女いたのってもう何年前のことですかって感じだし、だいたいつき合ってたのも半年とかでそんなにやってないし、総合して、俺はこれ、ほぼ童貞だな」

真面目に考えて言ったのに、きょとんとして聞いていた頼人が急に噴き出した。それから妙に感激の面持ちになって、ぎゅっと抱きついてきた。

「俺、やっぱつっちー大好きだ」

「そうか？」

「うん」

好きだと明確に言われて、土屋は口元が緩んだ。純粋に嬉しい。

横に寝転んだ体勢で笑い合うと、土屋は頼人の巻き毛を撫でた。そのまま頬から耳へと手を移動させ、またキスから始める。

「ねえ、あのさ…、俺ちょっと、ふ、風呂入ってきてもいい？」

自然にシャツの裾から手を入れると、頼人がやや気まずそうに言った。

「えっ？」

見ると、頼人はこれ以上ないほど真っ赤になっていた。

「ごめん、その、ちょっと待っててほしいんだけど…」

「あ、うん。了解」

これ以上の行為をするのにはいろいろ下準備が必要なのだと思いつき、土屋はおたおたうなずいた。具体的にどのようなことをどのように、という知識がないのでどうしようもない。次までにはちゃんと勉強してこねば、と決意をしている間に、頼人はキッチンの奥に行ってしまった。その先に浴室があるようだ。

シャワーの水音が聞こえてくると、土屋は落ち着かなくて座卓の上の料紙をめくった。土屋明信、と自分の名前が美しい楷書で何度も何度も書かれている。頼人の想いが伝わってきて、土屋は照れくさくなった。

「まいったなー…」

こんな気持ちになるのは、本当に初めてだ。

そわそわしていると、案外早く浴室のドアが開く音がした。

「つっちー」

ばたばた戻って来た頼人は、着ていたシャツを素肌に羽織(はお)っただけの格好だった。

「よかった、帰っちゃってたらどうしようかと思った」

「そんなわけないだろ」

ボクサーショーツは穿いているが、素肌が眩しいほど白い。

いったいどんな顔をしたら、と目のやり場に困ってあわてて目を逸らそうとした土屋に、頼人はなんのためらいもなく飛びついてきた。

「つっちー！」

さっきとは逆に、頼人のほうが土屋の上にかぶさって抱きついてくる。

濡れた金髪はくるくるで、上気した頰もきらきらした褐色の瞳もぜんぶ綺麗だ。

「つっちー、…本当に、俺のこと抱ける？」

頼人がまったく無用な心配をした。

「ん」

頭を引き寄せてキスしながら、土屋はくるっと体を回転させた。スーツの上着は脱いでいたので、手早くワイシャツを脱ぎ、スラックスのベルトを抜いた。めちゃめちゃ気持ちが逸る。

柔らかくて白い身体は、触るとしっとりして、そしてシャツの前を開けると、ほの赤い乳首が二つ。

「やべえ…めちゃめちゃ興奮するな、これ…」

指先でつまむと、んっ、と甘えるような声を洩らして頼人はぎゅっと目を閉じた。ボクサーショーツの前が盛り上がっていて、触れるとみるみる滲みができた。

「あ、ん……っ」

胸の尖りを唇ではさみ、舌先でちいさな粒を舐めてみると、頼人は土屋の頭を抱えるようにした。湯を浴びてしっとりしていた肌が、さらに熱くなるのがわかる。

「…っ、ん…」

押し殺した声が艶っぽい。

左右をひとしきり味わって、それからゆっくりショーツを脱がせた。滲みていた粘液が糸を引いて、それがものすごくいやらしく見える。

「……嫌じゃない？」

全裸にした頼人の身体を見下ろしていると、腕で目のあたりを隠していた頼人が不安そうに訊いた。

「なにが？」

「だって、俺、お、おっぱいとかないし、その…」

「見るか？」

頼人の腕をつかんではがす。頼人がえ？　と顔を上げ、それから無言になった。スラックスと下着を一緒に腿まで下げて、一番手っ取り早く「嫌じゃない」証拠を見せると、頼人は目を釘づけにしたまましばらく黙り込んでいたが、ややして「すごい」と呟いた。赤い顔がさらに赤くなっていく。

「ども」

さすがに土屋もちょっと恥ずかしくなって、冗談交じりに礼を言いながら、そそくさと服をぜんぶ脱いでしまった。

「ところで俺、やりかたがわかってないんだけど、いれたりとかってできるの」

大事なことだと思って訊いたら、頼人は「つっちーのそういうとこ大好きなんだけど、こういうときはもうちょっと雰囲気大事にしてほしい…」と残念そうに返された。

「雰囲気か」

苦手分野だ、と眉を寄せると、頼人が噴き出した。

「つっちー」

「そのつっちー、っていうのはいいのかよ。雰囲気こわしてる気がするけど」

「それもそうか、…明信」

頼人がそっと名前を呼んだ。

恥ずかしそうな、幸せそうな、なにより愛情に満ちたその声に、土屋は柄にもなくぐっときた。

ぎゅっと抱きしめると、頼人の腕も背中に回って来た。

「へへ」

照れくさくて笑い合い、キスをしてまた抱きしめ合い、なるほど世間は正しかったんだな、と土屋はそんなことを考えた。

恋愛にあれほど力を入れていたのは、それだけのことがあるからだ。

この世に好きな人がいて、その人に好きになってもらえるのはこんなにも幸せなことだった。

「――ん……」

キスが徐々に深くなり、互いの手が相手の身体に触れる。

すっかり気に入った頼人の胸のほの赤い粒を何度も舐めていると、頼人も土屋の高ぶりを手で愛撫した。

互いの欲求が一致していくのを感じて、自然に手が後ろにいく。

「つっちー」

「うん？」

頼人が土屋の胸を押し返すようにして、起き上がった。

「ちょっとここに、こうして」

壁を背にして座らせると、頼人は少し不安そうにまたがってきた。

「――大丈夫か……？」

無言で、そこにあったチューブを手渡された。さすがに用途はわかった。

「ところで、俺、ゴム持ってないんだけど」

「俺も持ってない」

お互いにそういうものとは無縁の生活だったという事実に、ちょっと苦笑し合って、それからキスした。

「これからは常に携帯しといて」

「了解」

ハンドクリームらしいチューブの中身を使って、頼人の中に指をもぐらせてみる。

「っ、あ……」

細い息が湿って、頼人はぎゅっと目を閉じて土屋の肩に頭を預けた。

「これ、ちょっと興奮するな…?」

「なに、言っ…、あ…」

ゆっくりと中を探り、指を動かすと、頼人の呼吸が速くなっていく。感じているのが密着した身体からもわかって、土屋も頭の中が熱くなった。

「も、もうい…い」

「ん?」

頼人が膝を使って体勢を変えた。土屋を愛撫していた手が誘導する。

「――っ、ん…」

ぬるっとした感触のあと、柔らかいものに包まれ、土屋は思わず頼人の背中を抱いていた手に力をこめた。

「あ、あ…っ」

狭いところが受け入れて、熱く締めつけてくる。駆け上がってくる快感に、もう少しでもっていかれそうになった。

「う…っ」

頼人が急に土屋の首にすがって泣きそうな声を立てた。

「頼人？」

「ごめ…」

腹のあたりに濡れた感触がした。びくびく震えているものはまだ精液をこぼしていた。

「イッちゃった」

「早」

からかうように言うと、うっすら涙で濡れた目が恨むように土屋をにらんだ。

「頼人」

その顔がなんともかわいくて、自分でもぎょっとするほど甘ったるい声になった。

頼人もびっくりしたように目を見開き、それから目のふちを赤くして、幸せそうな笑顔になった。眉がさがり、口元がほころんで、今にもとろけそうだ。土屋も自然に笑ってしまう。

「――頼人」

好きだ、と思う気持ちそのままでもう一度名前を呼ぶと、頼人は肩に頭を乗せた。

「つっちー、好き…」

「俺も」

「本当に？」

素朴に訊き返されて、土屋は頼人を抱きしめた。恋人の身体が自分の欲望を受け止めてくれている。

頼人が唇を求めてきて、キスを交わすと、快感がよりいっそう高まった。濃密に舌をからめていると、頼人の息が甘く湿って、それにも欲望をかきたてられた。

「――俺ももういきそう」

耳元で言うと、頼人がぎゅっと抱き返してくれた。

下から軽く突き上げるようにすると、頼人がおずおずと腰を使った。快感が湧き上がってくる。頼人は土屋にすがるようにしてゆっくり動き始めた。

「う、ん、…っ、あ、あ…」

頼人の萎えかけていたものが徐々にまた固くなっている。

「もう、また――」

だんだん大胆になる腰の動きに興奮が頂点まできた。

「あ、あ……ッ」

頼人が腰を浮かせたタイミングで、土屋は体重をかけてうしろに押し倒した。頼人が驚いてしがみついてくる。

「や、——あ、ん…っ」

体位が変わったことで、絞られる感触も変わった。たぶん、頼人も同じように違う快感を味わっている。

足が腰に巻きついてきて、頼人がぎゅっと目を閉じた。上から眺めると、汗の浮いた額や上気した頬、荒い呼吸に上下する胸、ぜんぶが「気持ちいい」と訴えていて、見ているだけで興奮した。

「頼人」

手加減しないと、と思うそばから止まらなくなる。

「あ、ん、…んっ、——っ」

頼人の足を抱えるようにすると、ぎっちり食い込んだところが丸見えになった。ピンクの粘膜が自分のものを呑み込んでいる。いやらしくて、かわいくて、やっぱりいやらしい。

「もー…やだ」

頼人が両手で顔を覆った。その仕草がまたかわいくて、土屋は今度は顔を見たくて頼人の手をつかんだ。恥ずかしがられると燃えるのは男の性だと思う。

無理やり手を外させて、涙ぐんだ瞳で縋るように見つめられると、ぐん、とさらに欲情のメーターが上がった。

「つっちー、どこまでおっきくなるんだよぉ…」

なにしろ入っているので、興奮ぶりはダイレクトに伝わってしまう。頼人が真っ赤な顔で困惑気味に訴えた。「おっきくなる」とか舌足らずな声で聞かされたらこっちが困る。

我慢できずにぐいっと深くえぐると、頼人がはっと息を呑んだ。中がきゅっと締まる。

「あ、あ」

我慢していたのに、あまりに気持ちがよくて、連続で突きこんだ。激しくしたら痛いかもしれない、手加減しないと、と思っているのに止まらない。

「あ、ん…っ、あ、あ、あ」

律動に合わせて頼人が喘いだ。声も表情も超絶にそそる。頭の中が熱くなって、限界が見えてきた。

「なあ、中に出してもいいか？　次からちゃんとゴムつけるから」

頼人の目が甘くなって、口では「やだ」と言ったが、下腹部に当たっているものは明らかに固くなった。

「だめ？　どっちだ？」

頼人の両手が首に回って来た。

「だめか？」

このまま出したい。でも頼人の身体に負担をかけるなら諦めるべきだ。

「もう！」

渾身の努力で離れようとすると、頼人が小さく叫んだ。

「いいよ出して、中に――いっぱい出して」

掠れた声がして、またぶるっと頼人の腰が震えた。ぎゅうっと絞られ、その刺激で土屋も解放した。

「――は……」

痺れるような快感に、息が止まった。

一瞬音が聞こえなくなり、ぜんぶの感覚が遠くなった。

あ、と思った瞬間頼人をきつく抱きしめていた。

「はあっ、はっ、は…っ」

体力の限界、というように頼人と折り重なって、しばらく二人で互いの息遣いだけを聞いていた。

「――頼人」

やっと少し呼吸がおさまって、土屋は頼人の頬に指先で触れた。

「つっちー」

「やっぱつっちー呼びか」

下の名前を呼ばれたときに思いがけずときめいてしまったので、いつもの呼びかたにちょっとだけがっかりした。

「大好き、――明信」

頼人がへへ、と照れくさそうに笑った。

「うお」

確かにこれは真顔では無理だ。

「なんだよその声」

頼人が軽くにらんで、それからぎゅっと抱きついてきた。

「好き好き、つっちー」

「俺も好き」

リズムに合わせてつるっと言うと、頼人は目を丸くして、それからとろけるように笑った。

自分は恋愛に向いていないと思っていたが、どうも思い込みだったようだ。

少なくとも頼人とはとても合う。

「あのさ」

土屋の腕のちょうどいいところにおさまっていた頼人が、ふと面映ゆそうに瞬きをした。

「ん？」

「さっきの、あれさ…和歌って言ったけど、違うんだ」

部屋の隅で小さな山をつくっている料紙のほうを見て、頼人がいいにくそうに打ち明けた。

「あれ、…ラブレターなんだよね。誰にも言えないから、つっちーが好きだって書いてた」

「は？」

いきなりの告白に、土屋は目を丸くした。

「つっちーのこと好きだって、めっちゃ好きだって延々書いてるの！」

頼人がいまさら照れたように「でへへ」と色気のない笑い方をして土屋の胸に頭を突っ込んできた。

頼人はどこまでもストレートだ。好意を丸出しにして、ぜんぜん出し惜しみをしない。

「頼人」

真っ赤になった顔がどうしようもなくかわいくて、土屋は「そのうち草書(そうしょ)をマスターしよう」と心に誓った。

恋人の達筆(たっぴつ)を読(よ)み解(と)けないようでは書家(しょか)の彼氏はつとまらない。

「つっちー」

くっついてくる頼人は瞳が潤(うる)んでいて、土屋はそのリクエストは読み解いた。

もういちどキスから始めると、頼人は嬉しそうに目を閉じた。

11

「ねえ、俺変じゃない？」

頼人（らいと）がエレベーターの鏡面扉（きょうめん）に映る自分の姿をチェックしながら訊いた。

「別に変じゃない」

麻のシャツにゆるいシルエットのボトムで、淡い色合いも色白の頼人にはよく似合っている。

「だからさ、こういうときはかわいいとかきれいとか言うもんなんだよ、つっちー」

頼人がやれやれと首をすくめる。

「まあそういうのをつっちーに求めるのが間違ってるんだけどさ」

さっさと自己完結して、頼人は鏡面扉に顔をくっつけるようにして全身をチェックした。

「あー、それにしてもなんかこう、ひさびさに下界に降りてくって感じで緊張する…」

「上昇してるけどな、物理的には」

タワーマンションの階数表示ボタンを確認しながら、土屋（つちや）も頼人の発言にうなずいた。土屋は特に緊張しないが、「人里は久しぶり」という感覚は確かにある。

「一週間ぶりだもんなあ、つっちー以外の人とまともに会うの」

互いの気持ちを確かめ合ったのが、たまたま二人とも休暇の申請（しんせい）をしたあとだったので、そのあとは本当にずっと二人きりでいた。ある意味ハネムーンと言えるのかもしれない。

「楽しかったねえ」

頼人が満足そうなため息をついた。

平日どまんなかのホテルのプールで泳いだり、観光客にまじってレンタサイクルで都内の観光スポットを巡ってみたり、一日中部屋にこもって耐久セックスしてみたり、思いつきと好奇心と欲望だけの数日を堪能して、さてそろそろ日常に戻ろうか、と顔を見合わせたタイミングで祐一郎から「新婚旅行のお土産あるから取りにおいでよ」と連絡が入った。

他にも披露宴で余興やスピーチを引き受けてくれた友人たちにも声をかけてるから、ということで、簡単なホームパーティの招待らしい。

ちょうどいいリハビリだ、と祐一郎の新居に二人して出向くことにした。

「いいか?」

「いいよ」

久しぶりに「社会的な顔」を取り戻したのを確認しあって、それからドアフォンを鳴らした。

「いらっしゃい」

祐一郎と新妻が幸せオーラを漂わせながら迎えてくれたが、頼人はそれをはねかえす勢いで「こんにちは」とハッピーエネルギー満々で挨拶をした。祐一郎はちょっと目を丸くして、それから小さく噴き出した。

「幸せそうで、なによりなにより」

「今日はわざわざお招きいただきまして、ありがとうございます」

祐一郎の顔を見ると自動的に秘書スイッチが入って、土屋は持参してきたフルーツのギフトボックスを手渡した。

「土屋君、僕よりハッピーな顔してるんじゃない？」

「恐縮です」

含みを持たせた上司の言葉にしらっと返すと、日常が戻って来る感覚があった。

「あーあ、土屋君はからかいがいがなくてつまんないなあ」

どうぞ、と中に案内しながら祐一郎が軽くぼやいた。頼人がくすくす笑っている。

眺望の素晴らしいリビングには花が溢れ、テーブルには色鮮やかなオードブルが並べられていた。ごく個人的なお礼の席だと聞いていたとおり、ふたりの友人らしき男女が数人、リラックスした様子で談笑している。

シャンパングラスが全員に配られると、祐一郎が部屋の真ん中に進み出た。

「今日はわざわざ集まってくれてありがとう。好きなだけのんびりしてってくださいね」

ゆるい挨拶のあと、祐一郎がグラスをかかげた。

「自分で選んだ未来に乾杯」

祐一郎の言葉に、土屋は顔を上げた。

三十四階の窓からまばゆい日差しがリビングに差し込んでいる。

人間には二種類いるんだ、と出会ったばかりのころ、頼人が半分冗談のように言っていた。

自分で決められる人間と、そうじゃない人間。

この先なにがあっても、自分で選んだことだと確信が持てるなら頑張れる。今までもそうだったし、これからもそうだ。

頼人が隣で土屋を見上げた。

「俺が選んだつっちーに乾杯」

悪戯っぽく瞬く瞳の中で金色の虹彩が光っている。

土屋は心から満足して、軽くグラスを合わせた。

恋という字をかみしめて

Koitoiu Jiwo Kamishimete

1

つっちー、おはよう♡

小柳頼人が朝目覚めて一番にすることは、最愛の彼氏に朝の挨拶を送ることだ。自撮りコレクションの中からお気に入りの一枚を添えることも忘れない。

そしてそのまま毛布の中でごろごろしながら、前夜のトークを遡る。細々したやりとりなど面倒がりそうな土屋だが、実は案外マメで、つき合うようになる前から頼人が思いつくまま送るメッセージには気軽に返信してくれていた。昨日もずいぶんたくさんやりとりをした。

「あー、幸せ…！」

ただしトークはほとんどが頼人のおしゃべりだ。土屋は「なんだそれ」とか「まじか」とかの合いの手を入れる程度だが、そこが土屋らしくていい。土屋の帰宅電車の中でやりとりしていたので、土屋からの最後のメッセージは「駅ついたから終わりな。また明日」というあっさりしたものだった。でもそれがまたいい。しかも頼人がおやすみ、と送ったメッセージにあとからちゃんと「おやすみ、風邪ひくなよ」と返してくれていた。

「うひひ」

ぞんざいそうな彼氏の優しい一面に触れ、頼人は思う存分デレた。

土屋とつき合うようになって三ヵ月、頼人の頭の中は「つっちー」一色だ。土屋が何を言っても、何をしても「つっちー最高」しか出てこない。

さすがに仕事中はお花畑から出て目の前のことに集中しているが、ちょっとでも気を抜くと彼氏のかっこいい顔が脳裏に浮かび、そのたびにでれっと鼻の下が伸びてしまっているという自覚はあった。

主宰している書道スタジオのスタッフにも「先生、最近お肌つやつやでお目々きらきら。いいことありましたね～?」とからかわれてしまうくらいだ。さすがに彼氏ができました、とは言えないので「そうかなあ」ととぼけているが、本当は誰かにのろけたくてのろけたくて仕方なかった。が、唯一自分たちの関係を知っている祐一郎は土屋の上司だ。「もう、つっちー絶倫でさー!」などと口にするわけにはいかない。それがこの薔薇色の毎日の唯一の残念な点だった。

こういうときにゲイ友達がいたらなあと夢想するが、中学を卒業してからわき目もふらず仕事一筋できた頼人には、ゲイ友達どころか他愛のないやりとりをするふつうの友人すらいなかった。同じような環境できた土屋はメンタル最強の男なので、あまり「さみしい」とは思わないようだが、仕事のほうが一息ついてから、頼人はずっと友達がほしかった。土屋と仲良くなったのも最初は友情を求めてのことだ。

今は彼氏にぜんぶの時間を費やしたい頼人だが、そのうち「俺の彼氏、めっちゃカッコいいんだ～！」とのろけられる友達ができたらいいな、と思っている。
「あ」
ぴこんと軽快な音がして、新しいメッセージがポップアップで表示された。
――今起きたのか、優雅じゃねーか
彼氏からの揶揄（やゆ）交じりのメッセージに、いそいそ言い訳を返信した。
――だって、昨日は遅くまで題字の仕事してたんだよ
――そっか、そりゃ失礼したな
――つっちーはもう会社？
――これから朝礼だ
――じゃああとでね。つっちーに平日会えるの、超嬉しい！
今日はＨＯＮＭＡのオフィスに行く用事があり、頼人は「つっちーのスーツ姿が見られる！」と楽しみにしていた。「俺も」くらい言ってくれるかな？　と期待したが、来たのは「遅れんなよ」という一言だけだった。
「もー」
でも頼人は懲（こ）りずに「はーい」とハートの目をしたウサギが了解のサインを送っているスタンプを送信した。
「よしっ」

勢いをつけてベッドから飛び出すと身体が軽く、我ながら元気だなと思う。

芸能事務所を辞めてから、頼人の生活はずいぶん落ち着いた。早朝ロケもローカル番組のための遠方出張もなくなって、思う存分書作にも取り組めている。

洗面所で歯磨きをしつつ、頼人は歯ブラシがもう一本コップにささっているのを眺めてまた深い満足に包まれた。これは先週、初めて土屋が泊まりに来たときに頼人が鼻息荒く用意したものだ。

事務所が契約していたマンションからも退去して、頼人は初心に返ろう、と昔住んでいた古いマンションに戻るつもりで準備していた。しかし保管庫に預けていた荷物を運び込もうとした矢先、老朽化に伴う大規模工事を入れるという通告があった。耐震診断次第では取り壊しもありうる、という書面を見て、愛着のある部屋ではあったものの、これは心機一転のタイミングなのかもしれない、と思い直し、結局頼人は半月ほど前にこの新しいマンションに引っ越しをした。

「すげえ、眺望いいな」

引っ越しの手伝いに来てくれた土屋は、十四階の広いベランダに出て羨ましそうに言っていた。

「そんならつっちー、ここに住んでもいいよ！」

内心ちょっとどきどきしながら冗談まじりに提案してみたら、「そういうのは簡単に言うこっちゃねーよ」とたしなめられた。がっかりしたが、勢いでものごとを決めがちな頼人に対して、土屋はわりあい落ち着いて熟慮するタイプだ。そして一度決めたことはめったなことでは覆さない。お調子者の頼人は、彼氏のそういうところにも惚れこんでいた。

洗面所には歯ブラシが二本。寝室のクローゼットには彼氏の着替え。いつか一緒に暮らせたらと夢見ているが、今の頼人にはこれで充分幸せだった。

その上、今日は仕事でも顔を合わせる。

丁寧に歯磨きし終えると、頼人は鏡の中でにかっと笑顔をつくった。

芸能活動は終了させたが、主宰している書道スタジオの事務局には、今でも大書揮毫のイベントやアートフェスティバルなどの仕事が舞い込んでくる。タレント寄りの仕事は断っているが、書道の普及に繋がりそうな案件は積極的に受けるようにしていた。

祐一郎から「プロモーションムービーで、頼人の書道パフォーマンスの映像使いたいんだけど、お願いできないかな？」という打診があったのは先月のことだ。

HONMAは欧州家具の輸入販売を柱にしている専門商社だが、去年あたりから逆に日本の工芸家具を輸出するようになった。取引先からの感触もよく、今後も需要が見込めるということで、プロモーションムービーを作ることになったらしい。

「その映像制作会社の人が偶然頼人のファンだっていうんで盛り上がってさ。欧州向けの工芸家具って和洋の融合で頼人のイメージぴったりだし、面白いムービーになるんじゃないかってことになって」

祐一郎には子どものころからよくしてもらってきたし、土屋との縁をつないでもらった恩もある。ちょうどスケジュールに余裕もあったので引き受けることになった。

「うちはそういうプロモーション関係もぜんぶ総務が窓口やってるから、ちょうどいいし、土屋君にも立ち合いするように言っとくよ」

祐一郎が朗らかに言って、なにがちょうどいいんだ、と土屋はぼやいていたが、頼人と絡ませてやろうという余計な親切心以外にも、土屋が広報関連の業務に触れるいい機会だ、ということのようだった。もちろん頼人は大歓迎だ。

そんなわけで、今日は午後一番に撮影の前日打ち合わせでＨＯＮＭＡの本社に行くことになっている。

・

さて何を着て行こう、と頼人はクロゼットを開けてしばし悩んだ。

制作会社との顔合わせだと聞いているから、初対面の相手に失礼にならないように砕け過ぎず、しかし堅苦しくはない服装が望ましい。さらにその場には彼氏もいるのだから、そこも考慮しなくては。

「うーん、こんな感じかな？」

あれこれ引っ張り出して迷った挙句、かっちりしたシャツに細身のパンツに決めた。シャツはプレーンなデザインだが、生地はシルク混の光沢のあるもので、パンツもよく見ると生地の織が凝(こ)っている。

「よし、いい感じ～」

髪もきれいにセットして、鏡の中でもう一度笑顔をつくってみる。右サイドの髪だけ耳にかけると、そこはかとなく清潔な色気も漂い、我ながらなかなかいい仕上がりに思えた。

これならつっちーの目にも「俺のハニーはやっぱり可愛い」と映るのではないか。

よしよし、と満足して、頼人は鼻歌混じりに出かける用意をした。

2

ＨＯＮＭＡの本社オフィスは、駅ビルから連絡通路でつながった高層ビルの中ほどにある。ビルの所有が親会社なのでなにかと優遇されていて、中層階行エレベーターの一基はＨＯＮＭＡの専用だ。

「あーでもちょっと早かったか…」

吹き抜けのロビーエントランスで時間を確かめ、頼人(らいと)はエレベーターの扉が並ぶホールに向かおうとしていた足を止めた。午前の仕事が思っていたより早く片づき、途中で軽く腹ごしらえをしてきたが、それでもまだ約束の時間まで少しある。昼休憩の時間帯なので早く着きすぎても迷惑だろう、と頼人は案内カウンターの奥にある待合ソファに腰を下ろした。

「えー、三村さんも土屋さんだって？」

スマホをごそごそ出そうとしていると、頼人の横をランチ帰りらしい制服の女の子たちが通り過ぎて行った。

土屋、という名前に頼人の耳がぴんと反応するのと同時に、彼女たちも噂話をするために観葉植物の陰で立ち止まった。スマホを見ているふりで目玉を動かして確認すると、女の子は三人で、どの子も同じベストとスカートを着用している。その襟もとについている社章バッチは土屋と同じものだった。

「三村さんって、学生のときからの彼氏と結婚するんじゃなかった？　どっかの御曹司でご立派な学歴の」

「それが、軽薄なとこが嫌になって別れたんだって。で、もし結婚するんだったら土屋クンみたいなタイプがいいなあって言ってたんだよ」

「まじー。三村さんにいかれたら終わりではないかー」

「我々につけ入る隙はない」

三人は仲良しの同期、といった感じで、近くのソファでじっと聞き耳を立てている頼人にはまったく気づかず、軽快なトークを続けている。

「でも我らが土屋明信に目をつけるとは、さすが三村さんではあるな。お目が高い」

彼氏のフルネームが出たのにもどきっとしたが、「我らが土屋明信」「お目が高い」というファン目線に頼人は戸惑った。

もしやつっちー、けっこうモテるのか？

どうやら高スペックらしい「三村さん」のことも気になって、頼人はさらに彼女たちの会話に全神経を集中させた。

「でも我らが土屋氏のほうも、いくら三村さんが完璧なる才色兼備（さいしょくけんび）だからって即なびくような男でもなさそうな」

「確かにな！」

「言われてみると」

そうそう、つっちーはスペックで人を測るような男じゃないよ、と頼人は心の中で大きくうなずいた。わかってるな、君ら。

「そもそも土屋氏の好みってどんなタイプかわからんもんなぁ」

「それ」

「昔一瞬つき合ったことあるとか言ってたけど、どんな子なんだろ」

三人が首を傾（かし）げ、頼人もそう言えば、と首をひねった。土屋の昔の彼女については、記念日やイベント好きで粘（ねば）り腰だった、くらいの情報しか得ていない。どんな子だったんだろう。

「可愛い系か、いい女系か」

俺を好きになってくれたんだから、どっちかっていうと可愛い系かな？

「細身で華奢（きゃしゃ）か、胸デカ迫力系か」

そこは細身のほうでお願いしたい。

「けど土屋氏は顔とか身体では選ばない気がするなあ」

そうそう。

「性格か」

性格だ。たぶん。

「性格よくて、土屋氏と相性のいいタイプってなると…？」

俺です俺です。

心の中でにこにこ主張したが、三人はしばし腕組みをして考え込んだ。

「……案外、三村さん？」

一人がぽつりと結論を出した。

「あー」

「あー」

えー？

「三村さん、性格までいいもんなあ」

「そーなんだよねえ」

三人はうなずき交わし、まーしゃあないかぁ、と歩き出した。

「それより会議室押さえた？」

「総務が来客でA押さえてたから、C使うって申請しないと」

仕事の話にシフトしながらエレベーターホールに向かう三人の背中を見送って、ひたすら聞き耳を立てていた頼人はふう、と息をついた。

なんだよ、つっちーずいぶんモテてるな？　と頼人は改めて意外に思った。

土屋は仕事のときには丁寧な物腰を崩さないが、素はかなりガサツだ。おまけにズケズケものを言うし、デリカシーにも欠ける。セックスしたあと、余韻もへったくれもなく「腹減ったなあ」などと言って素っ裸のまま冷蔵庫をのぞいたりするので、もうちょっと雰囲気を大切にしてほしい、と毎回要望を出している。悪い悪い、とそのときは謝って腕枕などしてくれたりもするが、基本的にロマンは解さない男だ。まあそういうところも今となっては最高に好きなのだが。

「つっちーが女の子にあんなに人気あるなんて、知らなかった…」

もちろん土屋の外見のよさは頼人も認識している。背も高いし、肩幅があるのでスーツも似合う。俺の彼氏は超かっこいい、と毎日惚れ惚れと写真を眺めているが、一方で女子受けする男だとは一度も思ったことがなかった。

「だって女の子が好きなのって、優しくて気が利いてセンスがよくて、つまり祐一郎さんみたいなタイプじゃないの…？」

少なくとも頼人はそうだった。ずっと祐一郎に片想いしていて、見かけはいいもののどこかふてぶてしい土屋には、恋の琴線に触れるようなものはまったく感じなかった。

友達になってから、細かいことは気にしないおおらかさに惹かれ、片想いの悩みを聞いてもらったり、一緒に遊んで仕事のストレスを発散させてもらったりしているうちにだんだん好きになってしまったけれど、女子にはそういう土屋のよさはわからないと思い込んでいた。

でも違った。少なくとも社内には三人「土屋氏」のファンがいて、彼女らが認める美人までもが土屋を気にかけているらしい。

「そうだったのか…」

時計を見るとそろそろいい時間になっていた。

彼氏がモテて悪い気はしないが、不安にはなる。頼人は妙にすごすごした気分でエレベーターホールに向かった。


「では、こちらで少々お待ちくださいませ」

会議室に通されて、頼人は六人掛けのテーブルの一番端っこの席に座った。

案内してくれた受付の女の子はさっき「土屋氏」の噂話に興じていたうちの一人で、初見で頼人は思わず「あ」と声を出しそうになった。もちろん向こうはまったく気づいておらず、澄ました顔で一礼し、会議室を出て行った。

もとはかなり広いスペースのようだが、今はパーテーションで仕切られていて、ほどよい広さになっている。席にはもうきちんと一人分ずつの資料がセットされていた。

「失礼します」

待つほどもなく、ノックのあとドアが開いた。

「お待たせいたしました」

ドアを開けて一礼した女性に、頼人はふと目を引きつけられた。ずいぶんきれいな人だ。グレーのパンツスーツとストレートのショートボブが華やかな顔立ちを理知的に見せている。それでいて口元に浮かべた笑みは自然な親しみを感じさせ、頼人はこの人がさっき女子社員たちが噂していた「三村さん」なのでは、と直感が働いた。

「どうぞ、お入りになってください」

彼女はドアを押さえて後ろにいた男たちをまず先に通した。

「失礼します」

「小柳(こやなぎ)先生、初めまして」

会議室に入って来た男が二人、それぞれ会釈(えしゃく)しながら頼人のほうに近寄って来た。

「初めまして、小柳頼人です」

頼人も急いで立ち上がり、用意していた名刺を差し出して挨拶(あいさつ)した。

「フォレスト映像の杉原です」

営業らしい地味なスーツの杉原の次に、すらっと背の高い男が頼人の前に立った。

「ディレクターの笹乃井です」

サマージャケットにジーンズの笹乃井は、三十一、二の明るい雰囲気の男だった。デザイン性の強い丸眼鏡やワックスで整えた短髪など、いかにもクリエイター風だが、名刺には代表補佐という肩書も併記されていて、そこそこ責任ある立場のようだ。

「本間社長からお聞きになっていると思いますが、私は小柳先生のファンなんです。芸能界引退って聞いたときはがっかりしましたけど、こんなご縁でお会いできて、とても嬉しいです」

祐一郎から聞いて想像していたよりも熱く応援してくれていたようだ。笹乃井の感激のにじむ声に、頼人はおおいに照れた。

「どうもありがとうございます」

「書道ライブも毎回抽選に申し込んで、二回見に行きました。後ろのほうだったけど、素晴らしかったな。小柳先生のパフォーマンスを撮影できるなんて本当に光栄です」

「そんな、こちらこそそんなふうに言っていただけて、恐縮です」

「私は今回の窓口担当の三村です。よろしくお願いします」

近くで控えていたパンツスーツの彼女が名刺を差し出した。やっぱりこの人が「三村さん」だった、と頼人は自分の勘のよさに感心しつつ、もらった名刺に目を落とした。総務部広報担当・三村有紀とある。明らかに頼人や土屋より年上だ。物腰が落ち着いていて、いかにも仕事ができそうな人だ。

「あと、今日はもう一人、うちの担当が――」

三村が言いかけたときに、ドアがノックされた。

「失礼します」

あ、と頼人は胸が高鳴った。土屋だ。見慣れているはずなのに、首からIDカードを下げたスーツ姿が妙に新鮮だ。

「小柳先生とは面識があるとお聞きしていますが、私と同じ総務の土屋です。撮影時の補佐をいたします」

三村が紹介して、土屋はよろしくお願いします、と全員に軽く会釈した。頼人と目が合って、ほんの一瞬だけ口元に笑みが浮かんだが、すぐ「小柳先生には以前お世話になりました」と澄ましたビジネススマイルになり、制作会社の二人と名刺交換を始めてしまった。まあ、仕方がない。それにこうして知らん顔をしてやりとりするのも、それはそれでちょっと楽しい。

「では、さっそくですが明日の打ち合わせを始めさせていただきます」

三村がきびきびと言って土屋とともに着席し、頼人も制作会社の二人と並んでその前に座った。

「事前にお知らせしたものと同じ内容ですが、一応資料もご用意いたしました」

今まで数えきれないほどこうした場を経験してきて、頼人は最初の数分で案件の成否がわかるようになっていた。今回は問題なしだ。用意されていた資料も、三村のスケジュール進行の説明も申し分なかった。

頼人はセットされていた資料をめくりながら、ちら、と土屋を窺った。土屋は澄ました顔でタブレット端末を操作している。三村と並ぶと絵に描いたような美男美女だ。

お似合いだ、とわざと心の中でつぶやいてみたら、自分でもびっくりするくらい凹みそうになって、頼人は慌てて打ち消した。

つっちーは俺の彼氏なんだから。先輩が美人でも、感じがよくても、関係ない。

「小柳先生、なにかご質問はございますか？」

一通りの説明を終え、三村がにこやかに訊いた。制作会社とはもうすでに内容まで詰めていて、今日は頼人との顔合わせの意味合いが強い。

「このCG処理っていうのは、どの程度を想定していればいいんでしょうか」

「コンテの、この部分ですね」

三村に代わって、隣に座っていた笹乃井が頼人の資料を指さして説明した。身体を寄せてきたので、彼のつけている柑橘系のコロンが香る。

「主に背景の編集、合成です。小柳先生の画像に手を加えたりはしませんので、ご安心ください」

やけに近い…と無意識に身体を引きながら、 ん？ とそこで初めて頼人は笹乃井に意識を向けた。視線を合わせてにっこりしている笹乃井の目に、頼人はふとある種の熱を感じた。

「…承知しました」

頼人自身はあまりぴんとこないほうだが、世の中のゲイの中には「同類」を嗅ぎつける特殊能力を持つ者がけっこういる。芸能活動をしているときに、そういう男に誘いをかけられることが何度かあった。

もしや笹乃井もそうなのか、と頼人は笑顔を返しつつ、目で「その気はない」と強く牽制した。同時に笹乃井が詰めてきたぶんの距離を取る。笹乃井がわずかに目を見開いた。やや口元に苦笑が浮かび、頼人の返事を読んだようだった。

やはりそうだったのか、と思いつつ、しつこい男ではなさそうで、それには内心ほっとした。

「他には何かありますか？」

「いえ、大丈夫です。明日はよろしくお願いします」

攻防は一瞬のうちに決着がついたが、土屋が気づかなかったか心配で、頼人はちらっと見た。土屋はタブレットを操作していて、そもそもこっちを見ていなかった。

よかった、と胸をなでおろしつつ、ちょっと物足りない気もする。

「ではこれで」

「ありがとうございました」

打ち合わせが終わり、頼人の向かいに座っていた三村が、隣の土屋と何か言葉を交わしながら指先で髪を耳にかけた。その仕草に、頼人は小さく引っ掛かりを覚えた。

ただ髪がうるさかったからそうしただけなのかもしれない。きっとそうだろう。けれど、好きな人の前でちょっとその仕草をしてしまうときの心理も頼人は知っていた。

好きな人の前だと、無意識に見た目を気にしてしまう。恋の含羞がふと洩れてしまう。もちろんただの思い過ごしかもしれない。でも気になる。

頼人も出かける前に、一生懸命、土屋にちょっとでもきれいだな、いいな、と思ってほしくて服を選んで、髪もあれこれ工夫した。それなのに土屋はビジネススマイルで挨拶したきり、ほとんどこっちには注意を払わなかった。

仕事中なんだからあたりまえだと頭ではわかっている。わかっているけど、やっぱり少しがっかりした。

「小柳先生、もしお時間ありましたらこのあとお茶でもいかがですか?」

会議室を出て、全員でエレベーターホールに向かいながら、フォレストの営業・杉原がにこやかに誘って来た。単純な「親睦を深めませんか」という誘いだ。打ち合わせが思っていたより早く終わったので、次の予定までの時間調整にもちょうどいい。ただ、笹乃井が「ぜひ」と声を弾ませたので、頼人はひるんだ。

「雑誌のインタビューで読みましたけど、小柳先生は中国茶がお好きなんですよね。近くに専門店ができたんですが、ご存じですか？」

「いえ、知りませんでした」

「この前撮影で工芸茶を使うのに、その店行ったんです。なかなかよかったですよ」

笹乃井に積極的に絡まれて困惑しているうちに、エレベーターがぽーんと軽快な到着音を鳴らした。

「それでは、これで失礼します」

「今日はご足労くださり、ありがとうございました」

エレベーターが来るまで近くで控えていた三村と土屋が礼儀正しくお辞儀をした。

「こちらこそ、ありがとうございました」

「失礼します」

口々に挨拶を交わし、先を譲られて頼人は一番にエレベーターに乗り込んだ。軽く頭を下げて見送りをしていたから、土屋の表情はよく見えなかった。

結局、土屋とは本当にただ顔を合わせただけで終わってしまった。

「土屋さんとは、親しくされていらっしゃるんですか？」

「えっ」

エレベーターの扉が閉まり、笹乃井がいきなり土屋の名前を出してきたので驚いた。

「ど、どうしてですか？」

焦った頼人に、笹乃井のほうが目を丸くした。

「仕事で面識があるってさっきおっしゃっていたので」

「あ、ああ、はい。そうです。前にも仕事でご一緒しました」

「それにしても、HONMAは顔で採用してるんじゃないかってもっぱらの噂ですけど、本当に出てくる社員出てくる社員、みんなビジュアル抜群でびっくりですねえ」

営業の杉原が口を挟んできた。

「土屋さんも、あれは女子が放っとかないでしょう」

「えっ、そうなんですか?」

杉原のなにげない発言に、頼人はつい大きく反応してしまった。

「あ、その、なんかガサツな感じで、女の子には受けないタイプなんじゃないかって思ってたので…いや、すごい失礼なんですけど」

怪訝そうな二人に、慌てて誤魔化そうとして、ひどい言い草になった。笹乃井がくっと小さく笑った。

「小柳先生、毒舌ですね」

「いや、あの、その」

言葉に詰まっていると、タイミングよくエレベーターが一階についた。

ロビーエントランスに出ると、「土屋氏」推しの女子社員たちの会話も思い出してしまう。

憂鬱な気分を変えたかったのもあり、頼人は案内されるまま最近オープンしたばかりだという中国茶専門店について行った。

近いと言っていたとおり、ビルから出て少し行くと、ショーウィンドウいっぱいに工芸茶がディスプレイされた大きな店についた。茶葉やお菓子の売り場の奥が喫茶になっている。

「すごい、素敵なお店ですね」

喫茶スペースはすこし照明が落とされていて、テーブルの象嵌細工がきらきらと輝いている。

「喜んでいただけてよかった」

笹乃井が嬉しそうににっこりした。頼人も形だけ笑顔を返した。こちらにその気がないということは伝わっているはずだが、用心するに越したことはない、ともう一度目で強く牽制した。まあ自分の会社の営業担当が一緒なのだから変なことにはならないだろう、と頼人はそこは安心していた。

「小柳先生、すみません。急用が入ってしまいました」

「えっ」

ところが注文したお茶が運ばれてくる前に杉原のモバイルが鳴り、なんと杉原は「申し訳ない」と謝りながら去ってしまった。

思いがけず笹乃井と二人きりになってしまって、頼人はちょっと呆然とした。

「先生、ほんとに僕はただのファンですから、そんなに警戒しないでください」

頼人の腰が引けた様子に、笹乃井がくすりと笑った。

「まさか先生とどうにかなれるなんて図々しいこと考えてませんよ。本当です。ずっとファンだった小柳頼人に直接会えるって昨日からずっと浮かれちゃって、今もどきどきしてますけど、これも本当にただのファン目線ですから」

笹乃井が苦笑しながら言った。

「はあ」

警戒するなと言われても、「どうにかなれる」とか「どきどきする」とかわざわざ口にされたら不安しかない。

「困ったな。確かに僕はゲイですけど、ちゃんと彼氏もいますし、万が一先生に今回の撮影降りるなんて言われたら大変ですから、変な真似しません。信用してください」

全身で防御の態勢をとっている頼人に、笹乃井は今度はなだめるような口調になった。

「せっかく先生とこうしてお話できてるのに、警戒されたら切ないです」

「あの、なんで俺がゲイだと…?」

そもそもの疑問を口にすると、笹乃井はきょとんと瞬(まばた)きをした。

「違うんですか?」

「――ちが、う…というか…」

「先生がゲイだろうっていうのは僕らの中では常識みたいなものですけど」

どうやらゲイコミュニティの中で「タレントの小柳頼人はゲイ」で確定しているらしい。事実だし、自分はそれでどうということもないが、好きな人の迷惑にはなりたくない。祐一郎に片想いしていたころも変な噂が立たないように気をつけていた。

土屋と実際につき合っている今、どこからどう話がつながるかわからないぞ、と頼人は内心で気を引き締めた。とはいえ「俺はゲイじゃないです」と白々しく言い張るのも今一つ据わりが悪い。

「お待たせしました」

口ごもっていると、センスのいいチャイナドレスの店員がワゴンでお茶のセットを三つ運んできた。

「すみません、一人先に帰っちゃったんで、それは適当に置いてください」

杉原がオーダーしたセットは真ん中に置いてもらって、笹乃井が「頂きましょう」と小さな茶杯に頼人のぶんのお茶も注いでくれた。

「それで、総務の土屋さんとは、どんな感じなんですか？」

「はっ⁉」

世間話のように質問されて、頼人はもうちょっとで手渡された茶杯を取り落とすところだった。

「なっ、なんのことですか？」

声が裏返ったが、構っていられない。

「さ、笹乃井さん、なにか誤解されてますよ、あはは」

一生懸命つくり笑いで言(い)い繕(つくろ)ったが、笹乃井は逆に頼人の動揺に驚いた様子で目を丸くした。

「誤解って、さっき先生が土屋さんはガサツだとか女の子には受けないタイプだろうとかっておっしゃってたから、てっきり気の置けない間柄なのかなと…あ、もしかしておつき合いされてるんですか?」

「ちが…っ」

なるほど、という表情を浮かべた笹乃井に、頼人は大混乱した。

「大丈夫ですか」

焦(あせ)ってお茶をこぼした頼人に、笹乃井も慌てておしぼりを手渡してくれた。

「す、すみませ…」

「先生、さっきから墓穴を掘りまくっておられるような気がするんですが」

笹乃井の中でいろんなことがつながったのが、頼人にもわかった。しかもぜんぶ自分の言動が原因だ。

「……」

思わず固まった頼人に、笹乃井がくっと笑いをこらえた顔になった。今、この固まってる態度がさらにダメ押ししてる、と冷や汗をかいたが、頼人の自律神経は正直だった。耳がかっと熱くなり、うまく言葉が出てこない。

「そんなに心配なさらなくても、口外したりしませんから、安心してください」

笹乃井が同情すらにじむ声でなだめ、倒してしまった茶杯にもう一度お茶を注いでくれた。

「どうぞ」

「あ、ありがとうございます…」

とりあえず落ち着こう、と頼人はお茶を一口飲んだ。

「あの…、土屋さんと、つ、つき合ってはいませんけど、その、どのあたりで、そんなふうに思われたんですか…?」

今さらだとは思ったが、認めるわけにはいかない、と頼人は交際を否定し、さらに今後のこともあるから訊いておかねば、と意を決して質問してみた。

「どのあたりって、先生はずっと土屋さんのほうばかり見てて、気になってしょうがないって感じでしたから。でも土屋さんはどこからどう見ても違うんで、先生の片想いなのかなあ、と思っていました」

「……」

そんなに丸わかりな態度をとっていたのか、と頼人は少なからずショックを受けた。

「あ、ほら、僕は先生のファンですから、ついつい観察してしまったっていうのはありますよ」

笹乃井が急いでフォローしてくれたが、隠し事が下手だという自覚はある。

「つ、つき合ってはいませんけど、今後は気をつけます…」

「あ、つき合ってないんですね。了解しました」

笹乃井が鼻白(はなじろ)みつつうなずいた。

「…笹乃井さんが口の堅いかただと信じます。誰にも言わないでください」

もともと嘘をつくのは苦手なほうだ。観念して弱々しく頼むと、笹乃井はまた小さく噴き出した。

「了解しました。誰にも言いません」

「すみません」

「いえいえ。信用してくださって、嬉しいですよ」

笹乃井の笑いかたには親しみがこめられていて、頼人はほっと肩から力を抜いた。なんとなくだが、笹乃井は信頼できそうな気がしていた。

「それにしても、これは一般的な話としてですが、ノンケとつき合うのはいろいろ大変ですよね」

笹乃井の口調に、どこかしみじみとしたものがにじんだ。

「本当は女のほうがいいのに我慢してくれてるのかなって疑心暗鬼になっちゃったり、どうせいつかは捨てられるんだって卑屈(ひくつ)になっちゃったり。僕も覚えがありますよ」

やけに実感のこもった声に、頼人は顔を上げた。

「笹乃井さん、ノンケの彼氏がいたんですか？」

「もう何年も前の話ですけどね。今は別の彼氏もいて幸せにやってるんですけど、友達がノンケとつき合って苦労してるって話聞くと、今でもこのへんがずきずきしちゃって」

笹乃井が胸のあたりに手をやって笑った。

「ノンケ喰いってけっこう多いけど、ほんとマゾだなって思いますよ。でも好きになっちゃったらどうしようもないんですよねえ」

まったくそのとおりだ。今までゲイ友達どころか悩みを打ち明けるような友人もいなかったから、笹乃井の述懐は妙に胸に響いた。

祐一郎に長い片想いをしていたころ、そして土屋を好きになってしまってからも、頼人は自分の望みのない恋心を持て余して辛かった。土屋が気持ちに応えてくれたのは、本当に奇跡のような幸運だ。

「どうぞ」

「あ、すみません」

笹乃井がポットからお茶をつぎ足してくれ、頼人はしばし自分の幸運に浸りつつお茶を啜った。

「先生。僕は先生を応援しますよ」

目を伏せてなにごとか考えていた笹乃井が、急に顔を上げた。そのきっぱりした口調に、頼人は戸惑った。

「土屋さんが彼氏なら、心の休まる暇もないでしょう。ちょっと気の利く男なら、彼氏を不安にしないようにいろいろフォローしてくれるけど、あの人、そもそも自分が女性にモテることもわかってないタイプでしょう？」

「実は、俺もわかってなかったんです」

頼人はさっきの驚きを反芻した。

「つっちー…、土屋さんって素はガサツだし、鈍感だし、口も悪いし、仕事のときはちゃんとしてるけど、ふだんはすっごい態度も悪いんですよ。だから、ちょっとくらい顔がよくても、女の子にはモテないって、俺、完全に油断してました」

「それは…、うかつでしたね」

笹乃井が眉を寄せ、頼人は「え、そんなに深刻なこと？」と戸惑った。笹乃井はすっかり頼人に肩入れしている様子で、同情に満ちた目になった。

「いやでも、本当に頑張ってください。相手がノンケでも恋愛したら対等です。つき合ってもらってるとか、自分ばっかり好きなのかなとか、考えちゃだめですよ。いざとなったらこっちから別れてやる、くらいの気持ちで向き合わないと、うまくいくものもいかなくなる」

いろいろ思うところがあるらしく、笹乃井の口調には熱がこもっていた。励まされて、頼人は逆に激しく不安になった。

え、俺ってそんな弱い立場だったの…？

確かに土屋の本来の恋愛対象が女性だということには引け目を感じていた。周囲の女性たちから好意を寄せられているらしいと知って不安も感じた。

でもガサツでデリカシーがないぶん、嘘も言わない土屋の「好きだ」を疑ったこともない。

「先生さえその気になれば、男なんか選びたい放題ですよ。それはちゃんとアピールしてます？」

「へ？　いえ。そもそも俺はそんなにモテないですし」

「失礼ですけど、先生は、もしやあまりこっちの知り合いとかっていないんじゃないですか？」

笹乃井が、ふと気づいたように訊いてきた。

「ええ、まあ」

「そうなんですか」

笹乃井が短く嘆息した。

「先生は特殊な立場でいらっしゃいましたしね。これも縁ですから、もしなにかあったら声かけてください。僕でよければ相談に乗りますよ」

笹乃井はスマホを出して、プライベートの連絡先を教えてくれた。

「先生と土屋さん、お似合いだと思います。僕にできることがあったらなんでも言ってください」

笹乃井は馴れ初めだとかを聞きたそうだったが、急に店が混雑してきたこともあり、そろそろ行きましょうか、と腰を上げた。

「それでは、明日はよろしくお願いします」

店を出ると、笹乃井は仕事相手の顔に戻り、礼儀正しくお辞儀をした。

「こちらこそ」

笹乃井と別れると、頼人はぼんやり流しのタクシーを停めて乗り込んだ。まだこのあといくつか仕事がある。

思いがけず笹乃井というゲイの知り合いができて、それは嬉しいが、同時に不安の種ももらってしまった。

笹乃井は「先生の片想いなのかと思っていました」と言った。「先生は土屋さんのことが気になってしょうがないみたいだったから」とも言った。そのとおりだ。

俺はつっちーのことばっかり見てて、三村さんと何話してるのかなって気になってしょうがなかったのに、つっちーはぜんぜん俺のことなんか気にしてなかった。

そのこと自体は別にいい。ちょっとさみしいけど、仕方ない。

ただ、不安が生まれてしまった。

つっちーは俺のこと、どのくらい好きでいてくれてるんだろ…？

そういえば、いつも話しかけるのは俺のほうからで、大好きって言うのも俺だけで、どきどきしてるのもきっと俺だけ…。

両想いになれるなんてすごいラッキーだ、と浮かれていたけど、幸運は、しょせん運だ。嘘は言わない土屋の「好きだ」が、いつまで続くのかはわからない…。

俺の好きが百として、つっちーが二十くらいだとしたら、そのぶん早く飽きられちゃう？　気持ちが醒めちゃう？

考えだすと、どんどん悪い方向に気持ちが落ちて行く。

だめだ、と頼人は首を振った。

事務局から送られてくるスケジュール表を確認しながら、頼人はひとまずそちらに意識を向けた。

3

今まで一度も「つっちーは俺のことどのくらい好きかな？」などと考えたことはなかった。それなのに、一度疑問を覚えてしまうと頭から離れなくなった。

暇な時間に土屋とのトークを遡るのは、このところの頼人の楽しみの一つだった。土屋の返事の短さも、ただの相槌の多さも、まったく気にしていなかった。むしろ思いついたことをどんどん送って、それを読んでくれること、返事をしてくれることがひたすら嬉しかった。

「俺が笹乃井さんとふたりきりでお茶したって、つっちーは平気なんだ…」

その夜、家に帰る電車の中で、頼人はスマホの土屋からのメッセージを見て性懲りもなくがっかりしていた。

いつもは些細なことでもすぐメッセージを送っていたのに、なんだかいろいろ考えてしまって、頼人はその日は土屋になにも送らなかった。

つっちーからなんか言ってほしい、と初めて思って、ちょっと様子を窺っていた。だから「今日はお疲れ」と土屋のほうからメッセージがきて、頼人は飛び上がりたいほど嬉しくなった。

すぐ「つっちーもお疲れ」と返して、それから「笹乃井さんに中国茶専門店に連れてってもらったよ。営業さんが先に帰ったから、二人でいっぱい話をした」と送った。

いつもならどんなお茶で、どんな話をして、と詳しく説明するところだが、頼人はまた土屋の反応を窺った。そしてがっかりした。

――そういや頼人、中国茶好きだったな。

「笹乃井さん」のことを気にしてほしいのに、土屋はさっぱりスルーした。

――うん。笹乃井さんと二人で、超楽しかった！

ちょっと不自然かな、と思いながら、念を押すような返しをした。が、土屋は土屋だった。

――そらよかったな

厭味でもなんでもなく、まったくフラットに返されて、土屋の反応としてはそれで普通だと頭ではわかっていたのに、ほしい反応はそれじゃない、と頼人はムキになった。
——なんか、笹乃井さんとは話が合うみたい
——へー
へーって！　へーって！
スマホを握って、頼人は悶絶した。ここまで言ってもつっちー、ぜんぜん気にならないの？　そんなものなの？
——駅ついたからまたね
これ以上やりとりしていたら馬鹿なことを言ってしまいそうで、頼人はそそくさと会話を切り上げた。
——おう、おやすみ
「……」
結局なんの手ごたえもなく、土屋はいつもとまったく同じだった。
「…別にいいんだけど…」
別にいいんだけど、なんだかなあ。
とぼとぼ駅からマンションに帰って、頼人はごろりとベッドに横になった。
スマホでさっきのトークを眺める。

今朝、おはよー♡と送っている自分のメッセージが、果てしなく遠く感じた。今朝は幸せで溢れそうだったのに、なんで今こんなに落ち込んでるんだろう。別に何があったわけでもないのに。人の気持ちはやっかいだ。

自分がなにに一番モヤモヤしているのかもはっきりせず、頼人はとりあえず風呂に入った。

新しいマンションは浴槽が広く、毎日風呂に入るのが楽しみだ。ぬるめのお湯につかると疲れが癒えて、少し気分が浮上した。

こういうときこそ、書に向かうべきだ。

髪を乾かし、軽くストレッチをして、頼人は仕事部屋に入った。

入ってすぐの壁面には「森羅万象」と揮毫した書が額装してある。最近では一番納得のいく作品だったので、これを超えたい、と思って飾っている。

墨の匂いを嗅ぐとすっと気持ちが落ち着き、頼人は和机の前に正座して、まずゆっくりと墨を磨った。

心のうちを筆に乗せて吐き出すのは、子どものころからの習慣だ。文字はするする心をほどき、紙がぜんぶを受け止めてくれる。

近所の子供たちから意地悪をされたとき、祖父と意見がぶつかりあったとき、自分の才能を疑ったり、自分の出自に悩んだり、そんなときにも書は頼人を救ってくれた。

土屋に片想いをして苦しかったときも切々と恋心を料紙にぶつけた。

まず愛しいひとの名前を楷書で書き、つちやあきのぶ、と小さく声に出してみる。いい名前だ。土屋明信。大好きだ。

おおらかで、ちょっとガサツで、でも優しい。そばにいるだけで楽しくて、どれだけ長く一緒にいても飽きない。いつもばいばいするときはすごくさみしい。

でも、こんなに好きなのは俺だけなのかな。

つっちーは俺のこと、俺がつっちーを好きなほどには好きじゃないのかな…。

やきもち焼いてるのは俺だけで、つっちーは俺が他の男とふたりきりで仲良くしてても気にしない。

女の子に誘惑されて、ふらっとそっちに行くような男じゃない。わかっているけど、心配だ。

「つっちーもちょっとくらいは心配してよ」

そしたら少しは安心できる気がするのに。

誰に見せるものでもないから、頼人は紙にみっともない心をぜんぶ吐きだした。

「……ふーん」

自分で書いたものを読み返し、頼人はひとりでへへっと笑った。

「馬鹿だなー、俺」

ぐだぐだと同じことを繰り返しているが、要するに「俺ばっかり好きでいて、なんだかさみしいし、不安」なのだ。

ずっと俺の彼氏でいてほしいから。

やっぱり文字にするのはいい。いかに自分が下らないことで悶々(もんもん)としているのかよくわかる。

でもやっぱり心はすっきりとは晴れなかった。

そろそろ寝なくちゃ、と片づけをして寝室に向かい、頼人はスマホを手に取った。

さっきもらった「おやすみ」のメッセージを表示させる。

「おやすみ」

小さく呟いて、頼人はお気に入りのハートの猫のスタンプを送り、明かりを消した。


プロモーションムービーの撮影は、翌日の午後から始まった。

撮影前に書道スタジオのスタッフが必要なものを運ぶ手はずになっていたので、頼人は別件を終えたあと、身体ひとつでスタジオに向かった。

駅からブティックや輸入雑貨の店の並ぶ通りを五分ほど行くと、スマホのナビが到着のサインを出した。煉瓦(れんが)に蔦(つた)のからまるレトロな演出をしたビルの前にスタンド看板が出ている。ビルのテナントはオーディオやクラッシック音盤(おんばん)の店などが入っていて、地下は音響スタジオになっているようだ。

階段を下りていくと中がのぞけるブースが二つ並んでいた。天井から集音器がぶら下がり、楽器やアンプも置いてある。

「あっ、小柳先生！」

到着したとメッセージを送ろうとしていると、ブースのさらに奥のドアが開いた。書道スタジオの若いスタッフだ。

「今、駅までお迎えに行こうかなと思ってたとこです。もう準備整ってますよ」

「ありがと、助かる」

音響ブースの奥にある撮影スタジオに入ると、笹乃井やフォレストの社員らしい若いスタッフがそれぞれ自分の機材の調整をしているところだった。

「小柳です。よろしくお願いします」

「あ、おはようございます」

「お待ちしていました」

一斉に挨拶され、その中からへアメイクらしいギャルソンエプロンの女性が「よろしくお願いします」と近寄って来た。

さっそくメイクコーナーで首にタオルを巻かれていると、後ろから誰かが近寄ってくる気配がした。鏡に映り込んできたのはスーツの土屋だった。隣には三村もいる。

「小柳先生、今日はよろしくお願いします」

土屋のビジネススマイルに、なんでいつもツーショットなんだよっ、という内心は押し込んで、頼人は笑顔で「こちらこそ」と挨拶を返した。

「先生のほうのスタッフさんが準備を手伝ってくださったので、助かりました」

三村は今日もパンツスーツで、耳もとには品のいいパールのピアスが輝いている。

「私どものほうでなにか手落ちがありましたら、遠慮なくおっしゃってくださいね」

三村は本当に感じがいい。

感じがよすぎて嫌いになった。頼人は形だけの笑顔を返した。

三村のことが嫌いになったら、今度は自分のことも嫌いになった。

なに嫉妬してんだ、みっともねーな。

頼人は鏡の中の自分をにらんだ。三村さんは何も悪くないのに。

二人はヘアメイクのじゃまにならないように、揃って去って行った。

気持ちを切り替えなくちゃ、と思うそばから、土屋が感じのいい美人と寄り添っているのを見るとイライラしてきた。そしてそんな心の狭い自分にイライラする。よくない傾向だ。わかっているのに、自分で自分をコントロールできない。

「すみません、スプレー切れてました。ちょっと待っててくださいね」

ひととおりのヘアメイクが終わったところで、メイクさんが慌ててどこかに行った。

「頼人さん、今日はよろしくお願いします」

突然、やけに明るい声が降ってきた。びっくりして見ると、ひょろりと背の高い男が頼人の横に現れた。笹乃井だ。唐突な「頼人さん」呼びと妙に馴れ馴れしい声音に、へ？　と驚いた。が、意味ありげな目配せにすぐ意図に気づいた。鏡に映り込んでいる土屋が行きかけていた足を止め、ん？　という顔でこっちを注視している。

「あっ、ああ、はい、よろしく」

反射的に笑顔で返すと、笹乃井はこんどはいきなり肩を揉んできた。

「リラックスしてくださいねー、今日は最高に綺麗に撮りますから！」

調子に乗った笹乃井が、共犯の顔でさらに馴れ馴れしくなった。

「ちょ、だめですよ笹乃井さん」

頼人は慌てて声を潜めてたしなめた。いくらなんでもやりすぎだ。

「先生が他の男にもモテるってこと、わかってもらったほうがいいんですよ」

「いやでも」

「ほら、ヤキモチやいてますよ」

見ると、鏡の中で土屋の目つきが険しくなっていた。

うそ、怒ってる……。

スーツを着ているときの土屋は、いつも丁寧な物腰で、礼儀正しく、滅多に表情も変えたりしない。職務に忠実な総務部社員だ。

その土屋が、あからさまに不快なものを見る目でこっちをねめつけている。

昨日「笹乃井さんと二人きりでお茶してる」と遠回しにつついてみたのは完全スルーだったが、ここまであからさまだと、さすがの土屋も反応するらしい。

頼人は驚きつつ、ほんのちょっと愉快になった。

やっぱりつっちーだって俺が他の人と仲良くしたらやきもちやくんだ！

「ね？　先生もちょっとは駆け引きってものを覚えたほうがいいですよ」

「そ、そうなんですかね…」

ごしょごしょ話をしていると、内緒話をしているように見えたのか、土屋はさらに目つきが悪くなった。

お、怒ってる…。

嬉しいような、怖いような気分で頼人はごくっと唾を飲みこんだ。

「お待たせしました。これで終了です」

戻ってきたメイクさんにハードスプレーをかけられて、準備が整った。

「ありがとうございます」

鏡の中の自分は目がきらきらして、我ながらいつもより倍増しにきれいだ。その向こうに土屋が憮然とした表情で映り込んでいる。笹乃井がつと頼人の耳もとに口を近づけた。

「嫉妬は恋のスパイスって言いますからね。効果てきめん」

「は、はあ」

小声でやりとりしながらまたちらっと見ると、土屋は腕組みをしていた。ぐっと顎を反らせて「なんの真似だ」と言わんばかりだ。

あ、でもやっぱり嬉しいかも…。

こんなことで気分よくなるなんて性格悪いぞ、と思いつつも頼人はすっかり上機嫌になってしまった。パーテーションで仕切ったスペースで鼻歌混じりに手早く着替え、準備が整った。

「はい、ではスタンバイお願いしまーす」

ホリゾントの前に、板張りにした画仙紙が床直で置かれている。

頼人は襷掛けをして、裸足で照明の真ん中に進んだ。

照明が影を飛ばして、周囲は真っ白だ。墨汁で満たされた小鉢の横に愛用の大筆が添えられている。

墨の匂いと筆の感触に、すっと気持ちが切り替わった。独特の緊張感が心地いい。

カメラテストをして、リハーサルを終えると、笹乃井が「では、お願いします」と声をかけた。

集中するために、頼人は立膝をついて目を閉じた。スタジオの中がしんと静まり返る。

今回は潤筆料は出ず、書作そのものは契約に入っていない。書道家としては微妙な仕事だが、事前に書作の構想を練り、予行を繰り返して臨む大書揮毫より、アート寄りの面白い作品ができることもあるので、頼人はこういう仕事もそこまで忌避してはいなかった。

「――」

精神統一のあと、目を開けて真っ白の画仙紙に向かう。

パフォーマンスのときは津軽三味線の楽曲で盛り上げるが、今回は映像が目的なので、ただ自分の書作に向かう。その代わり所作を大きく、見栄えを意識することは忘れない。これもプロの仕事だ。

真上から画仙紙をとらえるカメラと、正面から動きを捉えるカメラ。揮毫の題材は近代詩の「森」を選んだ。時々競作で扱われる詩で、工芸家具という商品のプロモーションにふさわしいと思ったし、制作会社のフォレスト映像という社名とも縁を感じた。

森の静けさ、美しさ、そして底知れなさを詠んだ詩を、自分の感性でとらえ直し、文字にしていく。

あ、これはいける。

途中でふっと身体の中を風が吹き抜けていくような錯覚を覚えた。梢を鳴らし、木々をざわめかせる風だ。

畳二枚ほどの大きさの画仙紙に揮毫し終えると、張りつめた空気がほっと緩んだ。

「――ありがとうございました」

筆を置いて立ち上がると、拍手が起こった。

「お疲れさまです」

「先生、なにか飲まれますか」

「先にお着替えされたほうが」

ぎりぎりまで高めていたテンションが緩むとほっとして、無意識に土屋を探した。

頑張った自分をねぎらってほしい。

ちょっと視線を合わせてうなずいてくれるくらいでいい。つっちー…。

「——」

パーテーションの前に土屋を見つけ、でも一瞬の高揚はすぐに消え、頼人はしゅんとした。

土屋はまた三村と何か話をしていた。背が高いので、土屋は三村のほうに少しかがむようにしている。スケジュール調整でもしているのか、二人はモバイルを覗き込んで話し合っていた。

別に親しげな笑みを交わしているわけでもないし、必要以上に近づいているわけでもない。でも、あんなにいつも一緒にいたら情が移ってもおかしくないよな…。

ふとそんなことを思いついてしまい、頼人はまた勝手に凹(へこ)んだ。

職場で知り合って結婚する人が多いのはそういうことだとよく耳にする。人間は接する時間の長さで好意を持ちやすい。それがあんなに魅力的な人ならなおさらだ。

「……はー」

またぐずぐず考え始めてしまい、頼人はぶるっと頭を振った。

なにからなにまで情けない自分に嫌気がさして、頼人はパーテーションの陰でさっさと着替え、洗面所でざぶざぶ顔を洗ってメイクを落とした。

「お疲れさまでした」

タオルを取ろうとしたら、誰かが手渡してくれた。笹乃井だ。

「あ、ありがとうございます」

「こちらこそ。さすが小柳先生ですね。おかげでいい絵が撮れました。それに、あの書作も素晴らしかった……！」

撮影前の「共犯」の馴れ馴れしさは影を潜め、笹乃井はひたすら感じ入ったように早口で頼人の書作を褒めてくれた。

「僕は書に詳しいわけじゃないんですが、こう、墨の掠れとか筆の流れるような感じとか、見ててぜんぜん飽きないんですよね。本当に凄い。ＨＯＮＭＡさんは今回の作品は権利放棄するんですよね？　もしうちが買い取りたいと言った場合、請けてもらえるものですか？　うちの社名に縁もありますし、事務所に飾らせてもらえたら嬉しいんですが」

「ありがたいお言葉ですけど、あれは題材が近代詩なので、著作権が切れてないんです」

「あ、そうか」

「今回の仕事に関しては事務所が許諾受けてるんで、もしよければうちの事務所に権利関係問い合わせてみてください。問題なければ、もちろん喜んでお譲りします」

「わかりました。どうしても手に入れたいから頑張ろう。こんな出会い、なかなかないですからね」

「そんなふうに言ってもらって、こちらこそ光栄です」

話していると、ふと背中に視線を感じた。

「つっ、…土屋さん」

もうちょっとでつっちーと呼ぶところだった。土屋は人けのない洗面所の戸口で目を丸くして二人を見ていた。そして見る見る険悪な顔になった。

「――なに光栄とか言ってんだ」

「へ？」

苛立ちのにじむ低い声に、頼人はびっくりした。

「は？　え？」

土屋はずかずか近づいてきて、ぐいっと頼人の腕をつかんで笹乃井から引きはがした。

なんで怒ってるの？　と驚いていたが、すぐ直前の会話を思い出して、頼人はあっと慌てた。

――どうしても手に入れたいから頑張ろう。

――こんな出会い、なかなかないですから。

「ちょ、ちょっと待って…」

誤解だと言いかけたが、土屋の目つきの悪さに息を呑んだ。笹乃井も完全に腰が引けている。

土屋は首に下げていたＩＤカードをぱっと外した。

ここからは個人的な話だという意思表示だ。

「俺は小柳先生とつき合ってんですよ」

ためらうことなく言い切って、土屋は恫喝するようにすっと目を眇めた。

「意味、わかりますよね？」

「あっはい」

アッハイってどういうこと、と唖然としたが、笹乃井は誤解を正そうともせず、「それじゃ、失礼します」とそそくさと洗面所から出て行った。一瞬見えた横顔が笑いをこらえていて、頼人はえええ、と困惑した。

「つっちー」

でも嬉しい。いまさらときめいて、誤解なんだよ、と言いかけた頼人に、土屋は冷ややかな視線を浴びせた。

「なんで手に入れたいとか言われて喜んでんだ、おまえは」

押さえつけるような言いかたと、思い切り喧嘩腰の態度に、ときめきが凍りついた。寸前までの高揚があっというまに急降下して、今度は反発心が湧き上がってきた。

なんだよ、自分だって美人の先輩にデレデレ――はしてなかったかもしれないけど、ずっとツーショットで、いつも何か小声でやりとりしてたじゃん。女の子にファン目線で見守られてて、俺がどんだけもやもやしたと思ってるんだ。ちょっと小細工したのは確かだけど、今のは完全に誤解だし、揚げ句の果てにその言いぐさ。

半分以上勝手な反発だとわかっていたが、頼人はふん、と横を向いた。

「は？　なんだそれ」

土屋が日を剝いた。怒っている。

土屋はぜんぶがシンプルだ。

疑問を心の中でこねくりまわしたり、怒りを胸にためたりしない。ぜんぶがまっとうだ。

どういうことだ、と思ったら即問い質す。

腹が立ったらすぐ怒る。

自分のぐるぐるした悩みかたがみっともなく思え、胸苦しくなった。

「笹乃井さんに何を言おうが、俺の勝手だろ」

「はあ？」

「俺だって怒ってるよ！」

八つ当たりだ、とわかっていたが止められなかった。

「笹乃井さんが手に入れたいっつったのは、さっきの俺の書作のことだし！　だっ、第一、なに勝手につき合ってるのばらしてんだよ！　俺はつっちーに迷惑かけないように気をつけてるのに」

つき合ってる、と宣言してくれたことが嬉しかったくせに、頼人は言いがかりをつけるように責めた。

土屋が虚を突かれたように目を見開いた。

「先生、どうかされましたか?」

土屋がなにか言いかけたが、洗面所の入り口のほうからスタッフの声がした。

「なんでもないでーす」

「ちょっと待てよ」

慌てて腕をつかもうとした土屋を振り切り、頼人はその横をすり抜けた。

4

なんであんなこと言っちゃったんだろ…。

その日の夜、頼人はマンションにとぼとぼ帰って一人うなだれていた。

プロモーション映像の収録が終わると、別の仕事が入っていたので、頼人は打ち上げなどには参加せず、関係者に挨拶だけして一人でスタジオをあとにした。

土屋が何か言いたそうにじりじりしているのはわかっていたが、そのときはまだ八つ当たりのエネルギー満々で、頼人は隙を見せず、完全に土屋をシャットアウトした。

そしてスタジオを出てほんの五分で後悔した。

言葉尻をとらえて誤解したのは土屋だが、そう仕向けたのは自分のほうだ。しかも土屋が男らしく「俺たちはつき合ってる」と宣言してくれたのに、そしてそのときは感激したのに、頼人は思わずひねくれた態度を取ってしまった。

言い合いをしたあと、土屋は明らかに謝ろうとしてくれていた。それなのに頼人は怒りにまかせてそれを無視した。どこかで土屋の気持ちを確かめたくて、甘えたのだと思う。

スマホに土屋からメッセージが来ないかと待っているが、あれからなにもない。

収録後のあれこれで忙しいんだろうと思いながら、時間が経つにつれて不安になってきていた。もしかして、自分の依怙地な態度に嫌気がさしているんじゃないか…。

「つっちー……！」

土屋が女性にモテるのも、もともとは異性愛者なのも、土屋のせいじゃない。不安になるのは自分自身の問題だ。頼人は深くうなだれた。

「なにやってんの、俺…」

ひねくれたことしてごめんなさい、と謝りたい。

俺が悪かったです、と反省を伝えたい。

「…うう」

でもメッセージを送る勇気が出ない。いつもすぐ返信してくれる土屋なだけに、無視されたら、と思ったら怖くてできなかった。

スマホを置いて和机に伏せると、昨日土屋への思いを綴った料紙が目についた。

つっちーが好きすぎて苦しい。

延々と書き綴られているのは、結局のところそれだけだ。

情緒不安定だな、とつくづく自分の馬鹿さ加減が身に沁みて、頼人はぎゅっと目を閉じた。

好きな人と思いがけず両想いになれて浮かれてた。でも足元がふわふわしてたからちょっとしたことでバランスを崩してしまった。

片想いしていたときは、つっちーが俺を好きになってくれるなんて夢の中でしかありえなかったのに。

「つまり、欲張りすぎなんだよ」

つっちーが同じくらい好きになってくれたら、それは嬉しいけど、でも彼氏になってくれたんだから充分のはずだ。

大好き！　と誰にも遠慮なく言えて、つっちーが「おうよ」と返してくれる。

二人きりになったらキスして、えっちして、腕枕してもらって、一緒に眠る。それにつっちーだってあのときちゃんと言ってくれた。

「小柳頼人さん。俺は、あなたが好きです」

慣れない正座をして、はっきりきっぱり、好きだと告白してくれた。

思い出すだけであのときの嬉しさがこみあげてくる。それなのに、いつまでこの幸せが続くのかなという不安に負けて、試すようなことをしてしまった。あげくに逆切れして、最悪だ。

「つっち！…」

もし、このまま別れることになってしまったら。

思いついたらすっと手足が冷たくなった。

そんなわけない、こんなのすぐ仲直りできる、と起き上がって、でもスマホはうんともすんともいわない。やっと着信が鳴ったと思ったら事務所のスタッフからの「打ち上げ終わりました！」という報告だった。そのあとも次々に笹乃井や三村から改めてお礼の席を設けますので、という丁寧なメールも届いた。でも土屋からはなにもない。

勇気をふりしぼって、頼人は「今日はごめん」と送った。

そのままじっと待ったが、だんだん怖くなってきた。

もし土屋にこれで見限られてしまったら、と思ったら喉が詰まって目玉が熱くなった。

こんなことで泣くなんてみっともない、と奥歯を噛みしめたが、鼻の奥がつんと痛くなる。

頼人は慌てて机に伏せた。

なんで俺、こんななんだろ。

なんであのとき素直になれなかったんだろ。

後悔ばかりが胸に溢れた。じわっと涙がにじんできて、ぎゅっと強く目をつぶった。

そしてそのまま眠ってしまった。

「おいこら」

ぴん、と頬のあたりを弾かれて、その痛みで頼人はっと目を覚ました。

「えっ、あれ…？」

和机に伏せて眠り込んでいた頼人は、顔を上げてえっと驚いた。スーツの土屋がしゃがみこんでこっちを見ている。眉間に深いしわが刻まれ、不機嫌そのものだ。

「つ、つっちー…？」

「なにしてんだ、おまえは」

怒ってるというより呆れた口調で、土屋は頼人をねめつけた。寝起きの混乱した頭できょろきょろすると、窓の外はまっくらで、寝入ってからさほど経っていないようだ。

「え、でもなんでつっちーがいるの…？」

おたおたしている頼人の目の前で、土屋がキーケースをじゃらっと開けた。一番端っこの鍵はこの部屋のものだ。そうだ、「合鍵」というのに憧れて、押しつけるようにして土屋に渡したんだった。

「スマホは通じないし、外から見たら灯りついてたのに何回チャイム鳴らしても出てこないから心配になって勝手に入った」

「あ、あ、そうなんだ…えっと…」

眠り込んでいたのはちょっとの間だったようだが、寝入りばなの熟睡で、チャイムも土屋が入って来た気配にも全く気がつかなかった。

「スマホ…あっ、返事くれてたんだ」

手元のスマホにポップアップで「今どこだ?」と土屋からのメッセージが表示されている。

そうだ「今日はごめん」と送って、返事がこないのに絶望して泣きそうになりながら寝ちゃったんだった、と徐々に記憶が戻ってきた。

「なんか、疲れて寝ちゃってたみたい」

こんなふうに心配して来てくれてるからには別れるなんてやっぱり杞憂だった、と心底ほっとして、同時に自分のテンパリ具合がものすごく恥ずかしくなった。

「あー、眠い」

頼人はあくびをして涙のあとを誤魔化そうとした。土屋が目を眇めた。

「頼人、それなんだ?」

「え?」

思いのたけを書き綴った料紙が机に広げっぱなしになっていた。しまった、と慌てたが、すぐに「そうだ、つっちー読めないんだった」と思い出した。

「えっと、和歌だよ」

「和歌？」

「うん、和歌だよ和歌」

「ほー」

この会話、前にも一度したことあるな…と思いつつ、頼人は頑固に言い張った。それにしても「ほー」ってなに。

土屋が意味ありげな笑みを浮かべ、頼人の前に何かを差し出した。

「……え？」

「書家(しょか)の彼氏として、こんくらいの勉強はしとくべきだろって買ったんだけどな、さっそく役に立ったわ」

差し出されたのはハンドブックで、表紙には「初心者のためのやさしい草書(そうしょ)」と刷(す)り込まれている。しばらくそのタイトルを凝視(ぎょうし)し、次にひえっと変な声が出た。

「えっ、えっ、まさかこれ読んじゃった⁉」

「だいたいな」

「うそっ」

反射的に料紙をぐしゃっと丸めたが、そんなことをしてももう遅い。頼人は背中にじわっと変な汗をかいた。

「おまえ、俺がおまえのこと好きだって言ったの、信じてねーの？」

土屋が半眼で訊いた。

「しっ、信じてるよ」

「ほんじゃなんで俺が女によろめくかもって心配してんだよ。自分が嫉妬するのに俺はしないから俺があんまりおまえのこと好きじゃないのかもとか、意味わかんねーよ」

そこまで読まれていたのか、と恥ずかしくてかぁっと頬が熱くなった。

「だ、だってつっちーはゲイじゃないだろ?」

「はあ?」

「もともとは女の子のほうが好きじゃんか。笹乃井さんが、ノンケに恋をするのは立場弱くていろいろ大変だって…」

「なんだそれは」

土屋が呆れた顔になった。頼人は観念して、正直に打ち明けた。

「俺、つっちーとつき合えて嬉しくて、ずっと浮かれっぱなしだったけど、つっちー女の子にすごいモテるみたいだし、綺麗な女の先輩とかいるし、ノンケの彼氏とつき合うとひやひやしっぱなしみたいなこと笹乃井さんから聞いて、急に不安になっちゃったんだよ……」

「だから、なんでそこで不安になるんだよ」

土屋が苛立った声を出した。つっちーこそなんでわかってくれないんだよ、と頼人は声を張り上げた。

「つっちーにはノンケとつき合うゲイの引け目はわかんないよっ！」

「ゲイとかノンケとか、関係ねえわ！」

土屋がぶった切るように一喝した。

「俺とおまえがつき合ってんだろーが。俺はおまえが好きだし、おまえも俺のこと好きだって言っただろ？　違うのかよ？」

シンプルこの上ない発言に、頼人はぐっと言葉に詰まった。

そのとおりだ。

本当にそうだ。

「どうなんだよ」

土屋が凄む。恋人に向かってこんな顔で好きかどうか尋ねる男がいるんだろうか、と思うと頼人はちょっとおかしくなった。

「ち、ちがわない…です」

土屋はじろっと頼人をねめつけた。

「で、今日笹乃井の野郎と妙にいちゃついて見せたのは、俺に嫉妬させるためだったんだな？」

「……」

笹乃井に焚きつけられた面はあれど、それを許したのは結局そういうことだ。

「…ごめん…」

頼人がうなだれて謝ると、土屋はやっと表情をやわらげた。

「けど、おまえを口説(くど)いてる現場を押さえたと思ったのは俺の早とちりだったし、その上で笹乃井につき合ってるってばらしたのは俺が悪かった」

土屋ははあっと息をついた。

「一応笹乃井には口外(こうがい)しないでくれって頼んどいたけどな。俺は誰にばれても平気だけど、頼人は困るんだよな？　そこは俺が悪かった」

男らしく土屋が頭を下げて、頼人は慌てて「ぜんぜんいいよ！」と叫んだ。

誰にばれても平気、とはっきり言われて、頼人は胸がいっぱいになった。

「あ、あのときは難癖(なんくせ)つけたくてあんなこと言っちゃったけど、本当は俺も平気だよ。むしろ、嬉しかった。あの、俺のほうこそ、いろいろごめんなさい」

「あとな。俺はそう簡単に心変わりしねーよ」

土屋がこともなげに言った。

一番の核心を、あまりに簡単につかれて、頼人は息を呑んだ。

「だいたい、そんなに心配なら訊きゃいーだろ」

「うん…」

じわじわと胸の中が熱くなる。

やっぱりつっちーは最高だ。

なにからなにまで最高だ。

頼人は手の中のぐしゃぐしゃに丸めた料紙を見た。和歌だよ和歌、と誤魔化したのはこれが二度目だ。土屋が持っているハンドブックにも目をやった。

素直になれずに誤魔化してばかりの自分に、土屋はいつも正面突破できてくれた。

でも三度目はない。

もう同じことはしないから。

「つっちー！」

頼人は勢いをつけて土屋に飛びついた。

「うわっ」

いきなりだったので土屋は頼人を受け止めながらうしろにひっくり返った。

「びっくりするだろうが」

「ごめん」

「頼人」

「ほんとに、ごめんなさい」

真剣に謝った頼人の腿のあたりで、むく、と反応するものがあった。

土屋を押し倒すような体勢のまま、頼人はこみあげる幸福感に口元を緩めた。土屋もつられたように笑った。

「へへ」

「よだれたれてんぞ」

「ご馳走を前にしてるんだから、当然だろ」

頼人が言うと、土屋がにやっと不敵に笑った。

「食われるのはおまえのほうだ」

決めつけるような声音に、ぞくっと背中が震えた。

「じゃあ早く食べてよ」

「よし」

がばっと起き上がると、土屋は頼人の腕をつかんで引き寄せた。

「つっちー」

「うん？」

キスの前に、名前が呼びたくなった。

「大好き、明信」

「…俺もだ」

さすがにいつもよりほんのり柔らかい声で答えてくれたけれど、基本的に土屋はこういうときも無駄に照れたりしない。

デリカシーがないとか、雰囲気大切にしてほしいとか口では文句を言うけれど、本当はなにもかもがシンプルで、そのぶんぜんぶが頑丈な土屋のことを、頼人はいいなあ、と憧れるような気持ちで思っている。

「俺もつっちーみたいになりたいな」

「うん？」

「もうほんと、無駄に悩んだりするの、やめる」

土屋は頼人の言いたいことがよくわかっていない顔で、「俺だって悩むことくらいはあるぞ？」と若干不服そうに言った。

「無駄に悩むのをやめるって言ったの」

「ふうん？」

「これからはつっちーみたいにすぱっといくよ」

ごちゃごちゃ悩みを溜めこまず、真正面から向かっていけば、変にこじれることはない。

相変わらず「意味わかんねえな」という顔をしていたが、まあいいや、とすぐ流してキスをしてきた。

「ねー、つっちーの元カノってどんな人だった？」

さっそく実践、とばかりに頼人は気になっていたことを訊いた。

「元カノ？ あー、遠い昔にそんなのもいたな」

「可愛かった？」

「まあ可愛かったんじゃねーかな」

「胸大きかった？」

「うん？」

土屋は頼人の顔をのぞきこんだ。

「ほんじゃ訊くけど、おまえがヤッた四人はでかかったか？」

「う」

年相応の経験がしたくて、おっかなびっくりお手合わせを願ったその手のバーで出会った男たちのことは、正直あまり覚えていない。終わったことは終わったことだ。

「――愚問でした」

でも、なにげなしに口にした「経験したのは四回くらい」を覚えていたんだ、とちょっと感激してしまった。つっちーだってそのくらいのわだかまりは持ってくれてる。

「へへ」

「なに笑ってんだ」

「なんでもない…ん…」

土屋の舌は厚くて大きい。口の中に入ってくると喉のほうまで侵入してきて、すぐに息があがった。

キスの合間に服を脱がしあって、お互い最速でシャワーを使ってベッドにもつれこんだ。

「電気消して」

「こんくらいでいいか?」

土屋が雑に調光ボタンを押す。常夜灯まで下げてくれたらいいのに、当たりがうっすら暗くなったところで止めた。

「もうちょっと」

「これ以上暗くしたらちゃんと見えねーじゃんか」

この攻防はもう何回も繰り返していて、半分以上お約束のやりとりだ。

「なに見たいんだよ…」

「好きな子のイキ顔、男は誰でも見たいだろ。他もいろいろ」

もう、と不服な声を洩らしても、「好きな子」と言われると高揚する。

「ん…ぅ」

ベッドの上で押しつぶすように乗りかかられて、抵抗できない。

キスされて、頼人は土屋の背中に腕を回した。口の中で舌を絡め合いながら、頼人は手を伸ばしてぐんぐん固くなってくるものを握った。

「あー、今日はこれ、あんまり保たねーなー…」

土屋が唸るように言った。握った感じで、頼人も同じことを思った。土屋の身体に見合ったものは、指がまわりきらないほど大きくて、いつも凄いな…と感嘆しているが、それにしても今日のこの膨張率と成長の速さはすごい。

「なんでこんな興奮してんの？」

「そら頼人が可愛いからに決まってんだろ」

　恋人同士の睦言などではなく、土屋の発言はただ思ったとおりに言っているだけだ。それだけにじんわりと胸に沁みる。

「えへ、ほんと？」

「好きな子とえっちすんのって、ほんと最高だな…」

　しみじみ言われて、こんどはなんだか気恥ずかしくなった。でもめちゃめちゃに嬉しい。

「じゃあ、いっぱいえっちなことしよ」

「よし」

「なにしたい？」

　ちゅ、ちゅ、と頬とか口の端っことかにキスしながら相談する。

「この前盛り上がったあれ、しようぜ」

「俺が上に乗っかるやつ？　ちょっと恥ずかしいんだけどなー」

「セックスなんか恥ずかしくてナンボだろ」

　土屋がごもっともな自説を説きつつ、促すように身体を引いた。

　いきなりこれするの？　とやや気が引けたが、頼人は起き上がって逆向きで土屋の上に乗りかかった。

この前は一回戦のあとで、へとへとになっているところにねちこく絡まれ、わけがわからない状態だったからあまり抵抗はなかったものの、シックスナインは頼人にはまだ過激なプレイだ。体格的なバランスからいつも自分が上になるが、それがそもそも恥ずかしい。

どきどきしながら恋人の顔をまたぐようにすると、すぐ土屋が腰をがっちりホールドした。

こんなとこ、こんな格好でまともに見せるなんて、と頭の芯が痺れそうになる。

「はぅ…っん、……」

土屋のほうは頼人のどきどきなどおかまいなしで、大きな手で腰をつかみ、濡れた熱い舌でさっそくそこに触れた。

「……っ、は、あ、あぁ…っ」

遠慮もへったくれもなく舐められしゃぶられて、いきなりギアが二段階くらい上がった。

「あっ、あっ、あっ」

射精しそうになって焦った。待って、と合図すると土屋が口を離した。

「…も、ちょっと手加減して…」

「出してもいいぞ?」

「つっちーじゃないんだから、体力もたないよ」

土屋は持続力もすごいが回復力もすごい。他の男をほとんど知らないので断言はできないものの、頼人はひそかに俺の彼氏はかなりの絶倫なのでは、と睨んでいる。

「そっちこそ、出してもいーよ」
二、三回くらい余裕だろ、と頼人は絶倫疑惑のある彼氏のものに取りついた。もうはちきれそうになって先端がぬらぬらしている。
軽く舌先で触れると、土屋が息を呑むのがわかった。

「ん――」

もう彼氏の好きなやりかたは覚えた。先端のくびれを舐めて、それから裏筋。ぐんぐん固くなっていくのに、感じてくれているのが伝わってきてしているほうも興奮する。

同時に足のつけ根のところを固定されて、あやすように舐められた。フェラチオするのに邪魔にならない程度の強さで、でも頭の中が空っぽになるくらい気持ちがいい。

「ん、ん、…っ」

頼人は夢中で口淫に没頭した。

「――頼人…」

「んぅ?」

皮が厚いせいか、土屋はかなり強く吸ったり舐めたりしないと物足りないらしい。咥えるときも、唇に圧をかけて頭を上下する。そんなことも、もうちゃんと知っている。

「あ、やばい」

土屋がちょっと焦ったように言って、出していいよ、という合図でさらに強く吸った。

「ん…っ」

腹筋がぎゅっと収縮して、口の中に勢いよく精液が溢れた。感じてくれたんだ、と思っているもこの瞬間はすごく嬉しい。最初の一回は量もすごくて、頼人はこんなにいっぱい出されたらそのうち妊娠してしまうんじゃないかとつい馬鹿なことを考えてしまう。

土屋が荒い呼吸をしながら頼人の腰から臀部を撫でた。

「あ――っ、あ…」

飲みこみ切れなかったものを拭う間もなく、頼人はそのまま仰向けに転がされた。

「あう…ん」

口から顎に精液が流れ、起き上がった土屋が手のひらで拭ってくれた。愛情のこもった仕草に、頼人はのしかかってくる土屋を見上げた。

「…やべーな、これ」

はあはあ息を切らしている頼人を、土屋は上から眺めてごくっと喉を鳴らした。

「なに?」

「超エロい。もう一回出したい」

「いいよ?」

「じゃなくて、そのまま」

もう一回フェラしてほしいのかと思って起き上がりかけたら制された。

「?」

どういうことかわからないまま、頼人はまた仰向けになった。土屋がひざ立ちで見下ろしてくる。

「え……」

見下ろす土屋の視線がいつになく熱っぽく、自分の顔から身体を舐めるようにうろつく。まさか、と思ったが、土屋は自分でしごきだした。

力強い手の動きと、今出したばかりとは思えない隆起ぶりに、頼人は息を呑んだ。

彼氏の興奮の対象になっていることは嬉しいけれど、やたら恥ずかしい。

「つっちー、なんかこれ、すごい恥ずかしい…」

「セックスしてんだから恥ずかしくてナンボだっつってんだろ。なあ、もうちょっと足開けよ」

「もー…」

さっきシックスナインしたときとはまた違う羞恥で、頼人はおずおず足を開いて見せた。

「恥ずかしがってる顔って、めちゃくちゃそそるな…」

彼氏が激しくしごいているのを目の前で見せられるのもかなりくる。頼人はごくりと喉を鳴らした。

「なあ頼人、指入れてるとこ見せて?」

だんだん中に入れてほしくてたまらなくなって、腰を微妙に動かしていると、唐突にとんでもないリクエストをされた。

「そっ、そんなの無理だよ！」

「なんで？　一人でするとき指入れねーの？」

「それは…するけど…」

「見たい」

セックスなんか恥ずかしくてナンボだ、という言葉にそそのかされ、頼人は思い切って手を伸ばした。実際、そこは刺激を欲しがって、疼いてしょうがなくなっている。

「うわ、やべえな」

足を立てて、いつもしているようにまず勃起を握ると、土屋はそれだけで熱のこもった声を出した。

「超エロい。やばい」

「しろって言ったの、つっちーだろ」

異様に興奮している土屋に引きずられて、頼人も顔が火照ってきた。

「いつもそうやってんの？」

「うん」

軽くしごくと左手に変え、利き手で奥を探る。さっき思い切り舐めまくられたから、ジェルなど使わなくても指が入った。

「……ん…っ」

緩んだ粘膜(ねんえき)を刺激すると、甘い快感が腰から背中に走った。

「頼人」

自分の名前を呼ぶ土屋の声が思いがけず艶(つや)っぽくて、頼人も恋人の名前を呼んだ。

「明信…」

ため息のような声に、土屋がわずかに目を眇(すが)めた。

「明信」

彼氏が興奮してくれているのが嬉しい。頼人は何度も指を往復させた。

「──はあ、…っ、ん…う、ん…っ」

中を自分でかき回しながら、彼氏が自分でしているのを見ていると、ものすごくエッチな感じだ。

あれが中に入ってきたら…、と想像するだけで身体の芯が熱くなった。もうそのときの感覚はよく知っている。押し広げられて、大きい塊(かたまり)がえぐるように中に入ってくるとたまらなく気持ちがいい。

急に、見せびらかされているような錯覚を覚えてひどく渇いた。

それを入れてほしい、早くほしい、奥まで突っ込んで、激しく突いて…卑猥(ひわい)な欲望が湧き上

がってくる。

「はあ、…っ、はあ、…」

彼氏のぬらぬらしている勃起と、それをしごく手、きれいな筋肉のついた腹部から逞しい肩や腕、と視線で上にたどり、視線が合った。

「あ…っ」

その瞬間、ばたばたっと頼人の腹部に生ぬるいものがかかった。

「はあ…っ」

へその上から胸にまで飛び散り、だらだらと流れる。その感触にまで感じた。

「頼人」

はあはあ息を切らして土屋を見上げると、いきなり抱きしめられた。

「すげー可愛い」

おおいかぶさってめちゃくちゃにキスされる。

「…ん、あ…っ」

キスが激しすぎて、もうちょっとで土屋の大きな舌を嚙んでしまいそうになった。

「ねー…もう、し…して…」

二回も射精したのに、頼人がねだると、ほとんど間もなく復活してきた。

「ほんと、に、すご…」

自然に足を開いて腰を上げると、ちょうどのところに塊があてがわれた。

「――…っ、は……」

もうすっかりタイミングも覚えて、頼人は恋人が入ってくるのに合わせて力を抜いた。初めのころは大きすぎて怖かったが、完全に慣れて、土屋の首に腕をひっかけるようにして背中を反らせた。

いっぱいに広げられ、受け入れる。

「はぁっ、はっ、は――あ、あ……」

「頼人…うわ…すげ、気持ちいい」

「俺も、超気持ちい……い、すごい…」

一番太いところが中に潜ると、思わず土屋の肩に爪を立ててしまった。そのまま腰を入れられ、奥まで入った。

「――頼人」

ぜんぶ収めてしまうと、土屋はいつも感激したように抱きしめてくれる。汗で湿った肌が密着して、さらに身体が火照った。

「も、い…、いいよ…」

馴染んでくると、奥からじわりと快感が湧き上がって、頼人はぎゅっと目を閉じた。

「は、…っ、はぁ……」

土屋の首にすがって、足を腰に絡める。

「あ、ぅ――」

小さく腰を引いて、それからぐっと押し入ってくる。摩擦の快感に、我慢できずに声が洩れた。

「いい、気持ちい、…い、もっと…、もっと奥、きて……っ、は、あ……あ、あ、あ、あ…」

徐々に激しくなる律動に、頼人は揺さぶられ、突き上げられて声をあげた。

大好き、と気持ちいい、を喘ぎながら繰り返し、頂点につれていかれる。

積み上げたジェンガのタワーから重要なブロックを一つ抜き取ったみたいに、いっぱいに膨れ上がった快感が、土屋の「俺も好きだ」という囁きで砕けた。

声も出ない絶頂から、頼人は心地よい眠りの中にすとんと落ちていった。

5

頼人の主宰している書道スタジオは、駅前から少し離れた住宅街の中にある。三階建てのレトロなビルで、もとは写真館だったのをリノベーションした物件だ。明治の面影を残す外観も各方面に好評で、頼人自身もとても気に入っている。

撮影の日から半月ほど経った金曜の夕方、頼人はその書道スタジオの三階にあるプライベートルームにいた。

「どうぞー」

軽いノックの音に声だけ張り上げると、おじゃまします、と笹乃井が入って来た。

「ちょっと待っててくださいね」

頼人は湯沸かしポットから茶葉の入った急須にお湯を注いでいるところだった。座っててください、とソファを勧めたが、笹乃井は立ったまま壁に飾られた書作を興味深そうに眺めている。

「やっぱり先生の書はいいですねえ」

頼人が応接セットのテーブルにお茶を出すと、ようやくソファにかけた。

「そう言ってくださると嬉しいです」

「お譲りくださる先生の作品も、大事にさせていただきますので」

プロモーションムービーは先日無事完成し、撮影のときに揮毫した書はフォレスト映像の事務所に飾られる運びとなった。

笹乃井から今日額装や納入方法などの打ち合わせに来ると聞いたので、手続きのあとでお茶でもどうですか、と声をかけた。

あれから笹乃井とは個人的にメッセージを交わすようになって、すっかり距離が縮まっていた。

土屋が別にいいと言っていたので、訊かれるがままに知り合った経緯や馴れ初めなどを教えると、訊いてもいないのに笹乃井も今の彼氏とのあれこれを楽しげに語った。

「そういえば、三村さんもここの体験教室に来たそうですね。この前聞きましたよ」

「そうなんですよ。子どものころに少しやってたそうで、仕事の気分転換にいいかもって楷書レッスンの六回チケットを買ってくださいました」

正直、頼人は内心三村に対して「なんでうちに?」とやや警戒していた。が、特に他意はなかったようで、そのときにさりげなく探りを入れた頼人に、「土屋さん? だって彼はもう決まった人がいるみたいですからね」とからっとした返事をした。

「昼休みにみんなでランチに行ったとき、彼女いるのかって訊かれて、つっちー、つき合ってる子がいるってちゃんと言ってくれたみたいなんですよ。でへ」

「そりゃよかったですね」

「それも、将来を考えてる子だって」

思い出すだけで嬉しくて、頼人は両手で頬を押さえた。

「将来を考えてる子…へっへっへ」

三村から聞いたその発言の真偽を確かめると、土屋は「真剣につき合ってるのかって訊かれたからそうだって言っただけだけど。それがどうかしたか?」と訝しげに答えた。そのときの表情も含めて、思い出すだけでどうしても顔が笑ってしまう。

「よかったですねえ。ま、いくらでものろけてくださいよ」

笹乃井がお茶を啜(すす)った。

「あれ、俺ののろけてます?」

「自覚ないなら殴りたくなるほどのろけてますね」

そうこうしているとテーブルに乗せていたスマホがぶるっと震えた。土屋からだ。

「どうぞどうぞ、出てください」

「いえ、電話じゃないんで」

画面には「今日泊まっていいか」といつも通りの用件だけのメッセージが表示されている。

頼人も画面を数回タップして「いーよ」のスタンプを返した。

週末は泊まっていくのが普通になっているが、まだこうして一応お伺いをたてられる。そのうちいちいち確認されなくなって、平日も泊まっていくようになって、そしていつかは一緒に暮らす。…というのが頼人のプランだ。

「そのうち土屋さんも一緒に、食事でもどうですか?」

「あっ、じゃあ笹乃井さんの彼氏も一緒に、うちでご飯でも食べましょうよ」

「いいですねえ」

だんだん共通の知り合いを増やし、そしていつかは公私共に認めるパートナーになる。

「へっへっへ」

それはきっとそう遠くない未来だ。
熱い野望を胸に、頼人もお茶を啜った。

あとがき

AFTERWORD

——安西リカ——

　こんにちは、安西リカです。ディアプラス文庫さんから十三冊目の本を出していただけることになり、しみじみ嬉しく思っております。これも既刊をお求めくださった読者さまのおかげです。アンケートやご感想のお手紙なども、いつも本当にありがとうございます……！　いただくお言葉にどれだけ励(はげ)まされているかわかりません。

　今回はいつにもまして特になにも起こらないお話です。あらすじや帯のアオリは担当さまが書いてくださるのですが、なにもなさすぎていったいどんな感じになるのかと興味津々です。作者的には攻のものに動じないふてぶてしい性格が気に入っておりまして、同じ年の二人の気楽な関係性が書いていていてとても楽しかったです。読んでくださるかたにも伝わりますように……！

　イラストをお引き受けくださった二宮悦巳(にのみやえつみ)先生。先生のスタイリッシュな絵柄が大好きでしたので、雑誌掲載のときから嬉しくて、何回も眺めては喜びをかみしめておりました。美しいイラストをありがとうございました……！

今回も担当さまはじめ、たくさんのかたにお力を貸していただきました。心からお礼申し上げます。これからもよろしくお願いします。

そしてなによりここまで読んでくださった読者さま。本当にありがとうございました。百万回くらい「私もツイッターなどたしなんでみたい…！　そしたら逐一感謝の気持ちをお伝えできるのに！」などと思っているのですが、生来の無精が災いして、思うだけで終わっております。が、そのうち唐突に始めるかもしれません。その際にはぜひ遠巻きにして眺めてやってください。

これからもマイペースで頑張りますので、どうぞよろしくお願いいたします。

安西リカ

ただいま

「お帰り！」

チャイムを鳴らす前にマンションの玄関ががちゃっと開いて、頼人(らいと)が満面の笑顔で出迎えた。

エントランスで一度インターフォンを鳴らすので、土屋(つちや)がエレベーターで上がってくるまでに頼人はいつも玄関先で待ち構えている。

まだ「ただいま」と言うのに慣れておらず、土屋は今まで通りに「おう」と応じてコンビニの袋を差し出した。駅についたときに頼人に頼まれた翌朝用のヨーグルトと牛乳だ。

「ありがと」

袋を受け取ると、頼人は土屋が玄関ドアを閉めるのを待って背伸びしてきた。

ちゅ、とキスして「でへへ」と照れて、それからいそいそ中に入って行く。土屋は玄関の鍵をかけ、自分専用のスリッパをはいて頼人のあとからリビングに向かった。

土屋がこのマンションに引っ越しをしてきて、一週間ほどが過ぎた。まだ頼人の「お帰り」に対して、すんなり「ただいま」がでてこない。頼人のほうは土屋が引っ越してくるはるか前から土屋がくるたび「お帰り」と言い続けているので慣れたものだ。

つき合いはじめた当初から、頼人は一緒に住みたいとことあるごとにアピールしていた。

「お帰り」コールもそのあらわれだったし、土屋の私物を置いていくようにとしきりにすすめるのもそうだった。いじらしい言動に心を動かされつつ、そう簡単に同居はねえだろ、と土屋は何度も頼人をたしなめた。頼人は勢いだけで突っ走るところがある。それを知っている以上、自分が頼人のぶんまで慎重にならねば、と考えていた。頼人を大事に思えばこそ、なし崩しに同棲したり、それを周囲にこそこそ隠すようなことはしたくない。何より自分たちの関係をしっかり築くのが先だという思いがあった。

頼人もそこは理解してくれていた。

「俺、つっちーのそういうとこもすごい好き！　でも我慢すんのはやだから、俺は一緒に住みたいっていっぱい言うね」

そんなこんなであっという間に半年が過ぎ、気づくと週末婚のような状態になっていた。金曜日は自動的に頼人のマンションに向かうし、そのときわざわざ「今から行く」という連絡もしない。頼人は「お帰り～」と出迎えてくれる。

総合して、これはそろそろ決断のときだな、とある朝頼人の隣で目が覚めて、土屋は悟った。このままではまさに「なし崩し」になってしまう。

裸の頼人はむにゃむにゃしていたが、土屋が「そろそろ同居の準備をするか」と半分独り言で呟くと、突如がばっと跳ね起きた。

「つっちー、今、なんて？」

「あ、起こしたか。悪い」

「悪くないよ！　起きたよ！　ねえねえ、今なんて⁉」

「そろそろ同居の準備するか、って言った」

「やったー！」

その方向でいいか？　と訊くまでもなく、頼人は一も二もなく賛成で、両手を上げて万歳をした。

やったやった、と小躍りしている頼人の百パーセントの喜びように、土屋はこんなに待たせて悪かったな、と反省した。

「そんなつもりじゃなかったけど、結果的にただ待たせただけだった。悪かった」

「そんなことないよ、そりゃ当然だよ」

頼人は嬉しさで真っ赤になって首を振った。

「つっちーは会社員だし、もともとはゲイじゃないんだし、慎重になって当たり前だ。むしろちゃんとつき合って、その上で同居しようって言ってくれたの、すんごい嬉しい」

「そうか？」

「うん。その代わり、覚悟してね。俺、ぜったいに別れないから」

「望むところだ」

顔を見合わせてがしっと握手し、それからがばっと抱き合った。

まずはお互いの自分の親族に報告し承認をとろうということになって、土屋はさっそく妹の有紗にことの次第を打ち明けた。

土屋が想像していたとおり、有紗は驚き、喜び、大騒ぎで興奮したあげくに「協力は惜しまないよ！」と力強く宣言した。

そしてその言葉通りの活躍を見せた。

土屋の両親は人柄はいいが、価値観はかなりの旧式だ。未だに「最近はゲイとかいうのが多いけど、あれはやっぱり食べ物が悪いのかしらね」「食品添加物のせいじゃないのか」などと真顔で会話してぎょっとさせられる。兄はさすがに「生まれつきだろ」とたしなめるくらいの常識を持ち合わせているが、こっちはこっちで頭が固い。

あれを説得するのは骨が折れるぞ、と覚悟している土屋に、有紗は「まかせとけ」と胸を叩いた。

「明兄の正面突破の戦術は、今回はやめといたほうがいいよ。しこり残したくないでしょ？」

「もちろんだ。俺はともかく、頼人のために喧嘩別れのシナリオだけは避けなきゃならねえ」

「よし、じゃあ感情に訴えるしかないね」

そんな作戦会議ののち、有紗はさりげなく夕食の話題に「性的マイノリティへの差別問題」をとりあげ、頭が固いぶん生真面目な兄や両親から「差別はよくない」という意見を引きだした。そののち「明兄は恋に悩んでいるらしい」と深刻な顔で告げ、家族思いの三人の関心を引いた。

「いい？　明兄。あくまでも苦悩だよ？　俺の恋人は男だ文句あんのか、みたいな態度は封印ね」

「了解」

有紗と想定問答を繰り返し、満を持して「相談がある」と持ち掛け、同性の恋人がいると打ち明けた土屋に、兄も両親も「二人が真剣に交際してるなら」と驚くほどすんなり認めてくれた。それどころか「言い出せなくて悩んだだろう」とまで言われ、土屋は有紗の下ごしらえの的確さに内心舌を巻いた。

こっちはクリアしたぞ、と伝えると、頼人のほうも無事ＯＫを勝ち取った、と興奮気味に報告してきた。

「祐一郎(ゆういちろう)さん、さすがだった」

上司がプライベートに関わってくるというのはいかがなものかと思ったが、祐一郎は頼人を特別可愛がっている。たまたま別件で会ったときに話の流れで「近いうちにじーちゃんばーちゃんにつっちーのこと打ち明けるつもり」と話すと、ぜひとも一肌脱がせてくれと祐一郎のほうから申し出てくれたらしい。

「俺が女の人ダメってとこで、もうじーちゃんもばーちゃんも卒倒(そっとう)しそうになってたから、祐一郎さんがいなかったらどうなってたかわかんないよ」

人の上に立つだけあって祐一郎は人心掌握（じんしんしょうあく）に長（た）けている。もともと自慢の長女の息子には一目置いていたこともあり、最終的に「それなら一度連れてきなさい」というところに着地したらしい。

「よし、第一関門クリアだな」

「うん！」

二人でまた握手を交わし、頼人は厳しい顔つきになって「次は『ご挨拶（あいさつ）』だね」と呟いた。

「うちは人数多いけど、基本もう認めてるから気楽に来いよ」

「うん、ありがと。有紗ちゃんがいてくれるだけでもなんとなく安心」

「問題は頼人の実家だな」

「つっちーって年長者に受けるタイプだからだいじょうぶって祐一郎さんが言ってたけど」

「社長の言うこと真に受けてたら痛い目に遭うぞ。あの人は相手が言ってほしいことを読み取ることにかけちゃ天才だからな」

ふんどし締めてかからねえと、と土屋は気合いを入れ直した。どうあっても「頼人さんとのおつき合い及び同居」を許してもらわねばならない。

最終目標はどこで誰に会っても「俺のパートナーです」と胸を張って言えるようになることだ。

「小柳頼人と申します」

土屋の実家のダイニングで、頼人は有紗チョイスの「敏兄と父さん母さんにぜったい受ける、真面目な好青年アピールスーツ」に身を包み、土屋の隣で姿勢を正した。

「土屋明信と申します」

頼人の実家の格式高い座敷で、土屋は祐一郎チョイスの厳選した日本酒と特注和菓子を携え、頼人の隣で姿勢を正した。

「明信さんとの交際をお許しいただけますでしょうか」

「頼人さんとの交際のお許しをいただきにまいりました」

二人は真剣勝負にのぞみ、そして「うちの息子を」「不肖の孫を」よろしくお願いしますという言葉を勝ち取った。

土屋は頼人のマンションに引っ越しをして、住所変更の手続きも終えた。


「今日はなにつくってんだ?」

「お好み焼き!」

「ほー」

二人とも料理ができないので、ずっとコンビニか外食で済ませてきた。でも一緒に暮らすにあたって「無理のない程度に自炊をしよう」という目標を掲げ、日々努力している。先に帰ったほうが献立を決めて、あとから帰って来たほうがそれを手伝う約束だ。一緒につくって、一緒に食べる。

「キャベツ千切りにするだけで三十分だよ」

スーツの上着を脱いでキッチンに行くと、頼人がぼやきつつボウルの中身を見せた。

「でも細かく切れてんじゃねえか。腕をあげたな」

「へへへ、そう？　まあトンカツのときよりはだいぶマシだね」

最初のころは「作りかた見りゃできるだろ」と料理を見くびっていて、無謀にも二人でトンカツに挑んだりした。が、付け合わせのキャベツの段階で絶望しかなく、結局出前をとる結果になった。超初心者がメニューを決めるときには「食べたいもの」ではなく「作れそうなもの」をチョイスするべき、と思い知った。とりあえずカレーやお好み焼きは習得済みだ。

キャベツを切ってしまえばあとは楽勝。少なめの粉をふんわりと空気を入れて混ぜ込み、脂が滲むまでこんがり焼いた豚バラの上に流し込む。

「へへへ、いい匂い～…って、ソースがない！」

上機嫌でフライパンに蓋をした頼人が、冷蔵庫を開けて叫んだ。

「しょうがねえ、買ってくる」

「じゃあカツオブシとマヨネーズかけて待ってるね！」

駅前のコンビニに駆け込んでソースを摑んでマンションに舞い戻る。

「お帰り！」

頼人がキッチンから声だけ張り上げた。

「ただいま！」

靴を脱ぎながらすんなり口にして、あ、俺今「ただいま」って言ったな、とちらりと思った。

キッチンテーブルには焼き立てのお好み焼きとビールが並んでいる。

「いただきます」

「いただきます」

向かい合って座って、一緒に箸(はし)をとる。

今日も明日も明後日(あさって)も、こうやってずっと一緒にいよう。

話し合って、相談して、そうして家族になっていく。

✤桜木知沙子 さくらぎ・ちさこ

双子スピリッツ イラスト高久尚子
メロンパン日和 イラスト藤川桐子
好きになってはいけません イラスト夏目イサク
演劇どうですか？ イラスト吉村
札幌の休日 全4巻 イラスト北沢きょう
東京の休日 全2巻 イラスト北沢きょう
夕暮れに手をつなぎ イラスト青山十三
恋をひとかじり イラスト三池ろむこ
友達に求愛されてます イラスト佐倉ハイジ
特別になりたい イラスト陵クミコ
家で恋しちゃ駄目ですか イラストキタハラリイ

✤沙野風結子 さの・ふゆこ

兄弟の定理 イラスト笠井あゆみ

✤菅野 彰 すがの・あきら

小さな君の、腕に抱かれて イラスト木下けい子
レベッカ・ストリート イラスト珂弐之二カ
泣かない美人 イラスト金ひかる
おまえが望む世界の終わりは イラスト草間さかえ
華客の鳥 イラスト珂弐之二カ
色悪作家と校正者の不貞 イラスト麻々原絵里依
色悪作家と校正者の貞節 イラスト麻々原絵里依
色悪作家と校正者の純潔 イラスト麻々原絵里依

✤砂原糖子 すなはら・とうこ

204号室の恋 イラスト藤井咲耶
言ノ葉ノ花 イラスト三池ろむこ
言ノ葉ノ世界 イラスト三池ろむこ
言ノ葉ノ使い イラスト三池ろむこ
恋のはなし イラスト高久尚子
恋のつづき 恋のはなし② イラスト高久尚子
虹色スコール イラスト佐倉ハイジ
15センチメートル未満の恋 イラスト南野ましろ
スリープ イラスト高井戸あけみ
スイーツキングダムの王様 イラスト二宮悦巳
セーフティ・ゲーム イラスト金ひかる
恋惑星へようこそ イラスト南野ましろ

恋愛できない仕事なんです イラスト北上れん
愛になれない仕事なんです イラスト北上れん
恋はドーナツの穴のように イラスト宝井理人
恋じゃないみたい イラスト小鳩めばる
全寮制男子校のお約束事 イラスト夏目イサク
恋煩い イラスト志水ゆき
リバーサイドベイビーズ イラスト雨隠ギド
世界のすべてを君にあげるよ イラスト三池ろむこ
毎日カノン、日日カノン イラスト小椋ムク
心を半分残したままでいる 全3巻 イラスト葛西リカコ

✤月村 奎 つきむら・けい

秋霖高校第二寮 全3巻 イラスト二宮悦巳
家賃 イラスト松本 花
WISH イラスト橋本あおい
ビター・スイート・レシピ イラスト佐倉ハイジ
秋霖高校第二寮リターンズ 全3巻 イラスト二宮悦巳
レジーデージー イラスト依田沙江美
CHERRY イラスト木下けい子
恋を知る イラスト金ひかる
おとなり イラスト陵クミコ
ブレッド・ウィナー イラスト木下けい子
すき イラスト麻々原絵里依
恋愛☆コンプレックス イラスト陵クミコ
不器用なテレパシー イラスト高星麻子
嫌よ嫌よも好きのうち？ イラスト小椋ムク
teenage blue イラスト宝井理人
50番目のファーストラブ イラスト高久尚子
恋する臆病者 イラスト小椋ムク
すみれびより イラスト草間さかえ
Release イラスト松尾マアタ
遠回りする恋心 イラスト真生るいす
恋は甘くない？ イラスト松尾マアタ
ずっとここできみと イラスト竹美家らら
それは運命の恋だから イラスト橋本あおい

✤椿姫せいら つばき・せいら

この恋、受難につき イラスト猫野まりこ
AVみたいな恋ですが イラスト北沢きょう

✤鳥谷しず とりたに・しず

スリーピング・クール・ビューティ イラスト金ひかる
流れ星ふる恋がふる イラスト大槻ミゥ
恋の花ひらくとき イラスト香坂あきほ
恋色ミュージアム イラストみずかねりょう
新世界恋愛革命 イラスト周防佑未
神の庭で恋萌ゆる イラスト宝井さき
その兄弟、恋愛不全 イラストCiel
契約に咲く花は イラスト斑目ヒロ
恋よ、ハレルヤ イラスト佐々木久美子
探偵の処女処方箋 イラスト金ひかる
溺愛スウィートホーム イラスト橋本あおい
お試し花嫁、片恋中 イラスト左京亜也
兄弟ごっこ イラスト麻々原絵里依
紅狐の初恋草子 イラスト笠井あゆみ
捜査官は愛を乞う イラスト小山田あみ
捜査官は愛を知る イラスト小山田あみ

✤凪良ゆう なぎら・ゆう

ニアリーイコール イラスト二宮悦巳

✤名倉和希 なくら・わき

はじまりは窓でした。 イラスト阿部あかね
耳たぶに愛 イラスト佐々木久美子
戸籍係の王子様 イラスト高城たくみ
夜をひとりじめ イラスト富士山ひょうた
ハッピーボウルで会いましょう イラスト夏目イサク
神さま、お願い～恋する狐の十年愛～ イラスト陵クミコ
愛の一筆書き イラスト金ひかる
手をつないでキスをして イラストCiel
恋の魔法をかけましょう イラストみずかねりょう
恋のプールが満ちるとき イラスト街子マドカ
純情秘書の恋する気持ち イラスト佳門サエコ
恋する猫耳 イラスト鷹丘モトナリ

✤ひのもとうみ ひのもと・うみ

きみは明るい星みたいに イラスト梨とりこ

✤間之あまの まの・あまの

ランチの王子様 イラスト小椋ムク

✤宮緒 葵 みやお・あおい

奈落の底で待っていて イラスト笠井あゆみ

✤渡海奈穂 わたるみ・なほ

甘えたがりで意地っ張り イラスト三池ろむこ
ロマンチストなろくでなし イラスト夏乃あゆみ
神さまと一緒 イラスト窪スミコ
マイ・フェア・ダンディ イラスト前田とも
夢は廃墟をかけめぐる☆ イラスト依田沙江美
恋になるなら イラスト富士山ひょうた
さらってよ イラスト麻々原絵里依
正しい恋の悩み方 イラスト佐々木久美子
手を伸ばして目を閉じないで イラスト松本ミーコハウス
ゆっくりまっすぐ近くにおいで イラスト金ひかる
兄弟の事情 イラスト阿部あかね
恋人の事情 兄弟の事情2 イラスト阿部あかね
未熟な誘惑 イラスト二宮悦巳
たまには恋でも イラスト佐倉ハイジ
カクゴはいいか イラスト三池ろむこ
夢じゃないみたい イラストカキネ
その親友と、恋人と。 イラスト北上れん
恋でクラクラ イラスト小鳩めばる
いばらの王子さま イラストせのおあき
厄介と可愛げ イラスト橋本あおい
絡まる恋の空回り イラスト斑目ヒロ
運命かもしれない恋 イラスト草間さかえ
ご主人様とは呼びたくない イラスト栖山トリ子
俺のこと好きなくせに イラスト金ひかる
さよなら恋にならない日 イラストみずかねりょう
かわいくしててね イラスト三池ろむこ

※2005年以前のものは新書館のサイトでご確認下さい。

この本を読んでのご意見、ご感想などをお寄せください。
安西リカ先生・二宮悦巳先生へのはげましのおたよりもお待ちしております。

〒113-0024　東京都文京区西片2-19-18　新書館
[編集部へのご意見・ご感想] ディアプラス編集部「恋という字を読み解けば」係
[先生方へのおたより] ディアプラス編集部気付　○○先生

- 初出 -
恋という字を読み解けば：小説DEAR+18年ハル号（vol.69）
恋という字をかみしめて：書き下ろし
ただいま：書き下ろし

[こいというじをよみとけば]
恋という字を読み解けば

著者：**安西リカ** あんざい・りか

初版発行：2019年4月25日

発行所：株式会社 新書館
[編集] 〒113-0024
東京都文京区西片2-19-18　電話（03）3811-2631
[営業] 〒174-0043
東京都板橋区坂下1-22-14　電話（03）5970-3840
[URL] https://www.shinshokan.co.jp/

印刷・製本：株式会社光邦

ISBN978-4-403-52480-6